La entrega
y otros relatos

José Miguel Tenorio

La entrega y otros relatos

Primera edición: 2024

ISBN: 9788410143449
ISBN eBook: 9788410143845

© del texto:
  José Miguel Tenorio

© del diseño de esta edición:
  Caligrama, 2024
  www.caligramaeditorial.com
  info@caligramaeditorial.com

Impreso en España – Printed in Spain

A mi madre y a mi hijo

Asalto a la sucursal

Ah, come on, sister Morphine,
you better make up my bed
Cause you know and I know in
the morning I'll be dead.

M. JAGGER - MARIANNE FAITHFULL -
K. RICHARDS, *Sister Morphine*

Aunque el suceso abrió las noticias en radio y televisión durante toda la mañana, la esperada rueda de prensa del ministro del Interior no se produjo. Una nota escueta, leída por su portavoz y sin posibilidad de preguntas por la prensa, zanjó oficialmente el asunto:

A las nueve horas y quince minutos de hoy, previa consulta al ministro por el jefe de policía al mando y constatada la imposibilidad de llegar a un acuerdo con los atracadores, se acordó la intervención de la sucursal bancaria por el cuerpo de operaciones especiales. Como resultado de la operación, los dos atracadores —que responden a las iniciales de C.M.

y S.S.—, ambos con antecedentes, resultaron muertos. Desgraciadamente, tenemos que comunicarles también la imposibilidad de rescatar con vida a los cuatro rehenes secuestrados. No ha habido supervivientes. Según los datos que se manejan, fueron tiroteados por los atracadores al producirse la intervención. Sin descartar aún otras hipótesis, parece que el robo fue el móvil del asalto.

***

La nublada mañana de noviembre había dejado los cristales de la oficina empañados. Rodrigo Ventura había llegado antes de lo que acostumbraba. Inquieto, se despertó con las primeras luces del día y, sin tener nada mejor que hacer, se fue al trabajo temprano. Con una rodilla en la mesa y la silla reclinada hacia atrás, sacó un cigarro y abrió un hueco con las manos en el vaho de los cristales. Se entretuvo mirando a través de él las luces de las ventanas de enfrente y en esos momentos le vino a la memoria el entrañable calor de las habitaciones del internado, cuando lo despertaban de niño. Se levantó con la intención de poner la radio mientras esperaba la llegada del resto de los compañeros, pero se arrepintió; creyó que tenía aún tiempo suficiente para acercarse al banco.

A esa hora no había clientes en la sucursal; la cajera, detrás de su ordenador; un empleado sentado en una mesa a la izquierda; y, al fondo, con la puerta de su despacho abierta, el director.

Cuando Rodrigo se encaminaba a la caja, irrumpieron en la oficina tres asaltantes encapuchados: uno se dirigió hacia él, lo encañonó y lo obligó a tumbarse en el suelo, inmovilizándolo; otro apuntó con su arma a la cajera y al empleado; el tercero entró en el despacho del director y, al tiempo que lo apuntaba con el arma, desde la puerta, se dirigió a todos:

—Si no se mueven ni hacen ninguna tontería, esto durará muy poco. ¡Dentro de unos minutos podrán seguir con su vida normal, como si nada hubiera pasado!

Tumbado en el suelo, pudo oír al encapuchado amenazar al director. Sin embargo, la sirena de la Policía y los frenazos de varios coches delante de la sucursal reclamaron de inmediato su atención. El del despacho salió contrariado y, pistola en mano, gritó:

—¡¿Cómo han podido enterarse?! —Mirando al que tenía encañonada a la cajera, le gritó—: ¡Has sido tú, Virgilio! ¡Eres un traidor hijo de puta!

Lo apuntó con el arma y, sin tiempo de réplica, le disparó varias veces. Rodrigo sintió el cuerpo desplomado de Virgilio caer a su lado antes de que un estallido sordo echara abajo la puerta del banco y una violenta irrupción de policías, disparando a discreción, lo inundara todo de gases. Se arrastró con lentitud, pero un dolor seco lo paralizó. Notó la sangre resbalar por su cara y un dulzor viscoso en la boca.

Rodrigo consiguió abrir los párpados y despertar después de salir disparado por la luz al final de un estriado túnel. Las infiltraciones de morfina conseguían mantener aún sus debilitados anclajes a la conciencia. Lo suficiente para mirar a su alrededor la sala blanca donde se encontraba, para ver las noticias y oír la nota de prensa, para preguntarse: «¿Cómo que dos atracadores?, ¿y el tercero?, ¿por qué no lo nombran? ¿Sin supervivientes? Entonces, ¿qué era él? ¿Un muerto?». Recordó lejana la orden del encapuchado al director de la sucursal:

—Dame los movimientos de la cuenta y la numeración de la caja de seguridad de este señor.

—Pero... es imposible... Usted ya sabe que el protocolo da protección especial a los cargos electos —fueron las últimas palabras que pudo oír.

Trayecto

Cuando nuestros dos rostros aparecieron
juntos sobre el espejo sombrío del agua, me
volví rápidamente, aferré a mi yo pasado por
los hombros y lo arrojé de cara al agua, en el
sitio donde aparecía su imagen.

Giovanni Papini,
Dos imágenes en un estanque

Darío entra en el vagón del metro, segundos antes de que suene el pitido. Empuja a la gente que se apiña junto a la puerta y consigue hacerse un hueco. Un asidero metálico en forma de gancho cuelga de la barra y le sirve para sujetarse. Exprimido, nota el aliento de los pasajeros. El calor de sus cuerpos. El primer trayecto siempre es opresivo, irrespirable.

Por fin, en la parada de Sol, las puertas abren y se produce la estampida. El vagón, como una botella de sidra disparando el corcho, vierte una riada de viajeros en el andén. Darío se relaja, redime su cuerpo y camina hacia el interior con el maletín en la mano. Debajo de una de las ventanas mira dos asientos. Se deja caer en uno de ellos y saca un libro. Le queda aún media hora de viaje hasta su trabajo en un parque de servicios de la zona norte.

Ensimismado, lee sin levantar la cabeza. Son los momentos más llevaderos del trayecto. La rutina le ha enseñado a abstraerse de los vendedores de pañuelos de papel, de los recitadores de poemas y de los intérpretes de canciones trasnochadas. Es más difícil ignorar a los acordeonistas, a los cantantes con micrófonos y amplificadores con música pregrabada; pero, aun así, día tras día, ha conseguido crearse una burbuja impenetrable.

El vagón circula ahora casi vacío. Levanta la vista y descubre que, frente a él, se ha sentado una pareja de jóvenes, casi adolescentes. Ella apoya la cabeza sobre el pecho de su acompañante, que la rodea con su brazo. No consigue ver la cara del joven, pero sí la de la chica, que durante un instante lo mira y sonríe.

Se desconcierta, agacha la cabeza y se enfrasca de nuevo entre las páginas. En la estación de Bilbao, el vagón se llena hasta verse cercado por una columna de cuerpos que se agarran a la barra sobre su asiento. No los mira. Tampoco consigue concentrarse en la lectura. La mirada de la joven lo ha distraído, tiene algo familiar.

Mira el libro, pero no lee. Intenta hacer memoria. «No, no puede ser —piensa—. Han pasado más de treinta años. Ahora ella tendría mi edad». Saca el móvil. En él lleva escaneadas casi todas las fotos que ha ido recuperando de sus años de juventud. Desliza el pulgar nervioso sobre la interminable tira de imágenes que pasan aceleradas por la pantalla. Está seguro de que guarda una con ella. No la encuentra. Vuelve al principio. Sí, esta vez lo consigue. Allí están los dos, saliendo de un bar de música. Sonríen y el *flash* los registra con la cara brillante y el defecto de los ojos rojos. Están abrazados. Ella, con minifalda y unas medias negras, se aparta el pelo. Él, de perfil, ríe. Es la única foto que había conservado. No es muy nítida, pero consigue traerle a la memoria los rasgos que la joven de enfrente le ha evocado. Recapacita. Es un simple reflejo, una semejanza lejana que se había instalado en los recovecos de su memoria.

Vuelve a coger el libro. Nada, no consigue concentrarse. Lo deja y, a través de los huecos que dejan los cuerpos apretados de los pasajeros, busca un plano de los asientos de enfrente. Al fin consigue ver las piernas de la chica, que hace un movimiento extraño y de golpe las separa y las sube para apoyar los pies en el asiento. Un viajero se interpone y pierde la visión.

«¿Por qué ha hecho eso?». Suenan los altavoces. Una voz distorsionada, altísima, entra por sus oídos y retumba en su cabeza. Por fin cesa. No quiere mirar al frente. Una pesadilla lejana, olvidada, le asalta de nuevo. Paseaban por un callejón. Él hablaba despacio, argumentaba, proponía. A ella un llanto le hacía cerrar los párpados y esconder la cara.

Una nueva parada y entran más pasajeros, el trayecto se le está haciendo interminable. Un movimiento del tren zarandea los cuerpos que se agarran a la barra del techo. Se encuentra aprisionado entre su asiento y la hebilla metálica de un cinturón a unos centímetros de sus ojos con un relieve labrado. Lee: «El tiempo lo cura todo». No levanta la mirada.

De nuevo, el estruendo de los altavoces que confunde con una voz al otro lado del teléfono y muy lejana en el tiempo: «Ella me lo confesó. No quería hacerlo, pero el tiempo lo cura todo».

Cree notar que la sangre se le estanca y desea gritar. Sin embargo, se levanta bruscamente y se abre paso hacia la salida, cuando, entre los pasajeros, una visión lo paraliza: un cráneo húmedo empieza a salir del cuerpo de la chica sentada extraído por un gancho.

Aparta la mirada, cierra los ojos, se concentra e intenta recuperarse: «La medicina tiene un nombre para esto, psicosis alucinatoria, delirios...». De nuevo del altavoz, cuando más aplastado se encuentra entre los cuerpos de los viajeros, cree escuchar: «Debiste de haber estado allí, se lo sacaron con un gancho». Levanta la cara y una potente oleada de sangre salpica a los pasajeros que lo rodean y que lo escrutan con la mirada. «Desangrada —sentencia la voz—, murió desangrada». Enloquece y se abre paso a empujones, presiente que alguien lo sigue, vuelve la vista y, como esperaba, es el joven acompañante de la chica. Reconoce en él, amargamente, su propia cara: la cara de la foto. El joven se alza violento entre los cuerpos que los separan para enlazarlo por el cuello con un gancho de acero que lleva en su mano y que Darío consigue esquivar en el último momento, cuando en el vagón penetran las luces de la siguiente parada. Introduce con rapidez las dos manos entre las láminas de goma y fuerza la apertura mecánica de la puerta. El acero se adueña de su cuello. Su grito se ahoga con el chirrido de los frenos en las vías.

Rosas cada mañana

Te recogí con el coche en la puerta de tu casa a las afueras de la ciudad. Estabas esperando y eso me sorprendió porque era la primera vez que ocurría. Siempre había tenido tiempo para fumarme un cigarro antes de que aparecieras.

Nos dimos un beso como de costumbre; pero me extrañó tu vestido de color marrón discretito y tu cara sin maquillaje. Sin embargo, no tuve tiempo para cavilar demasiado. Fuiste directa al grano: «Voy a decirte algo que no te va a gustar».

Todavía conducía por la carretera de la urbanización en dirección a la autopista. Íbamos a cenar como todos los viernes y pasaron varios segundos hasta que no fui consciente de tus palabras. Hoy, después de los años, puedo ser sincero: no las esperaba.

«Le he dado muchas vueltas y creo que lo nuestro no va a ninguna parte», me dijiste. Vi cómo esperabas mi respuesta mirándome de reojo. Supe que era temor, pero no contesté. Escuchaba de fondo aquel estribillo estúpido de una canción que ponía entonces. Aunque no la recuerdo del todo, decía algo así como «llévame flores muertas cada mañana» y acababa con un toque chulesco: «Y no olvidaré poner rosas en tu tumba». Siempre bromeaba con aquella frase diciendo que me evocaba algún poema de Poe y creo que esa fue la primera ocasión en que no la coreé.

Me hubiese gustado preguntarte cuánto tiempo hacía que lo llevabas pensando, pero adivinaba tu respuesta: «¿Qué importancia puede tener eso ahora? Es cierto que me ha costado mucho, pero es el momento de afrontarlo», concluiste.

El coche bajaba en ese momento por el desvío que conducía a la autopista y empecé a sentir ahogo. El espacio de carretera que las luces me mostraban me pareció un túnel imaginario, un largo túnel por el que tenía que conducir hasta encontrar la salida. Entonces comencé a acelerar. Pisaba con ansias, como si el final fuera inalcanzable.

Ni aún hoy podría dar una explicación satisfactoria al impulso que movió todo mi engranaje neuronal para actuar de aquella manera. Se podría pensar en un ataque de locura, pero no. Decididamente, yo estaba cuerdo y era dueño de mis actos. Mi cabeza se mantuvo fría mientras tú gritabas y te aferrabas al asiento del coche, consecuencia de una ráfaga y una pitada prolongada que nos hicieron desde otro coche que pasaba por la izquierda en sentido contrario.

—¡Te has equivocado de carril y nos vamos a estrellar!

Aún suenan en mi cerebro aquellos gritos. No te contesté y continué la conducción serena, como si no te hubiera escuchado. Me pareciste una histérica, cariño. Te miré y tuve la intención de soltar una carcajada, pero me contuve. Me habrías tachado de loco. Sí, habría sido la risa de un loco, pero lo único que quería era evadirme un poco, escapar del momento, salir de aquel túnel.

Peor hubiera sido decirte: «Lo he hecho adrede, cariño, lo siento. Vamos a jugar durante unos instantes a la ruleta rusa, el momento lo merece. Acabaremos pronto y lo celebraremos brindando con champán». Pero no creo que te hubiese hecho mucha gracia, así que me aferré al volante con los brazos extendidos, sobre todo porque no muy lejos un juego de varias luces dejaba adivinar que un camión intentaba con esfuerzo adelantar a otro, sin dejar hueco en la autopista para nuestro paso.

Fue lo más impactante de la noche. Déjame que te lo recuerde: el estruendo de las bocinas de los camiones me evocó —es un tópico, pero es así— las trompetas del apocalipsis y las incesantes ráfagas me atraían hacia ellas como si me indicaran la puerta de salida. Siempre me has reprochado que es una imagen manida, pero fue así: fue la imagen que apareció ante mis ojos, aún la llevo en mi retina.

Te oí gritar y vi cómo te llevabas las manos a la cara para no ver el final, pero yo era dueño de la conducción y sabía lo que hacía. Podía percibir los músculos de mi pierna: cómo llevaban hasta el pie el impulso necesario para conseguir pisar el acelerador con la misma precisión de un pianista que suspende el sonido durante unos segundos. Era consciente de lo que se anunciaba y presentía un acto sublime. Y, en efecto, así fue. De repente, el camión que venía por la derecha frenó en seco y el otro consiguió adelantar. Se abrió un hueco por el que conseguí meter el coche haciendo una elegante ese a una velocidad endiablada. Visto desde arriba, hubiera parecido un paso de baile. Sí, es cierto, ya sé que se levantó el alerón trasero del coche cuando rozó con una rueda del camión y que nos vimos superando los guardarraíles y dando vueltas pendientes abajo; pero, cariño, ¿por qué siempre te duermes en el mejor momento?

La entrega

El ascensor de unas torres de cristal que subían soberbias al cielo. Una oficina en la que un soplo intermitente de aire removía una maraña de papeles esparcidos por el suelo. El chirrido de las ruedas de un Aston Martin blanco a una velocidad endiablada por la avenida, que esquivé en el último momento.

Y un vagón del metro con una sola pasajera recostada en los asientos del fondo.

Me palpé la cabeza y recorrí con los dedos una larga brecha de la que me bajaba un hilo fino de sangre seca hasta los pliegues del cuello. Tumbado en la calle, abrí los párpados y reconocí las torres no muy lejos. La visión era familiar y entró en mi cerebro planeando por él, como una foto antigua que vuela hasta chocar contra una pared y se cae desplomada. Era noche cerrada, si bien las farolas diseminadas creaban un rosario de luces a lo largo de toda la avenida.

Con las manos apoyadas en el asfalto, conseguí mover mi cuerpo hasta apoyar las rodillas en el suelo. Logré la verticalidad con esfuerzo y empecé a caminar con tambaleos hasta mantener el equilibrio. No había nadie cerca, metí las manos en los bolsillos de mi chaqueta y sentí los pliegues de unos billetes arrugados. Comprobé que aún conservaba la pistola.

Al avanzar divisé no muy lejos un edificio desde el que se proyectaban luces hacia la calle y del que se escuchaba un gran bullicio. Me cambié de acera, no estaba para que me viesen en aquel estado.

«Un taxi», pensé.

En el asiento de atrás y cuando el aire empezó a entrar por la ventanilla, comencé a recomponer lo sucedido. La memoria me llevó hacia una tarde soleada. Había llegado a la avenida Transversal y vi el Aston Martin parado a lo lejos, hacia la mitad de la calle, no muy lejano de las torres. Un bonito descapotable blanco.

Caminé hacia él y llegué a su altura, tenía aún las luces encendidas y las llaves puestas. Estaba vacío. Me aseguré de que no me observaban y, cumpliendo las órdenes que tenía, dejé el paquete debajo del asiento del conductor. «Concluida con éxito la primera fase», me dije.

Caminé por la acera en dirección a la Torre Galaxy, la primera de ellas, que se encontraba a unos cien metros. Allí, en un despacho del piso 35, tenía que encontrarme con un tipo del que solo me dijeron que era alto, con una chaqueta y un maletín negro. Él me entregaría las instrucciones para los días venideros.

La avenida era un desierto, el sol reverberaba en el asfalto y llenaba de quietud la tarde de julio, cuando de improviso el rugido del deportivo me sacó del estado de embeleso en el que me había sumergido. El golpe seco que produjeron sus ruedas al chocar en el bordillo y el rugido de los neumáticos serpenteando por la acera dirigiéndose a mí a gran velocidad me estremecieron. Conseguí esquivarlo de milagro. En un acto reflejo, me subí a un borde de un escaparate de media altura. Cerré los ojos y me aferré a él esperando lo inevitable, pero viró. Pude ver las marcas de los neumáticos en las losetas del pavimento cuando frenaba en seco. Aproveché ese instante para escabullirme por una callejuela estrecha que había cerca y que conducía al interior en una galería de tiendas. Pude ver caras de alarma y oír los gritos de los que habían visto la escena. Sin embargo, solo pensaba en huir, desaparecer de la vista de mis perseguidores, que, a buen seguro, continuarían hasta darme alcance.

Busqué escondite en un bar que vi abierto. Estaba vacío y no vi a nadie en la barra, pero había luz en la cocina. Bajé unas escaleras que acababan en el baño y me encerré allí. Oí llegar a dos individuos jadeantes que llamaban al camarero y hablaban con él. No pude entender sus palabras porque hablaban, pero sí oí mi nombre varias veces. Uno bajó. Contuve la respiración como pude, me sentí como una presa acorralada por un depredador y miré el hueco que había debajo de la puerta. Agarré tembloroso la pistola y esperé. Su mano golpeó el pulsador de la cisterna, oí caer el agua y de nuevo sus pasos en la escalera. Mientras esperaba, empecé a preguntarme por qué fui tan ingenuo y no advertí el peligro. ¿Quién había averiguado mis pasos?

Después de un rato escondido, me calmé y salí.

Llegué a la Torre Galaxy, me dirigí a las puertas del ascensor, donde esperaba una pareja de novios. Cuando entramos, en el último momento se subieron dos enchaquetados y me sentí acorralado como una rata dentro de una trampa. No los miré y agaché la mirada. Me bajé en el piso 34 y subí las escaleras en dirección al despacho del piso 35. No estaba cerrado con llave. Dentro estaba todo revuelto, un caos de papeles zarandeados por el aire que entraba por los cristales rotos, las sillas descolocadas y tiradas por el suelo. Pensé en un campo de batalla abandonado. Ni rastro del tío del maletín. Bajé contrariado dándole vueltas a la cabeza, por qué se había torcido todo, cuál era la razón. Me sentí traicionado, indefenso y confuso.

En la calle corrí hacia una boca del metro, pasé rápido por la entrada y en el vestíbulo pude ver varias caras que se intercambiaban gestos al verme entrar. Dos de ellos tomaron el mismo pasillo que el mío. Miré hacia atrás y pude verlos a una distancia de unos cincuenta metros, uno delante por la derecha y otro más retrasado. Al doblar un pasillo, oí el pitido del metro que precede al cierre de las puertas; bajé las escaleras a zancadas y con un fuerte empujón conseguí traspasar la puerta a medio cerrar. Respiré aliviado al comprobar que nadie aparecía aún por las escaleras.

Me senté en los asientos cercanos a la puerta, pero me sobrecogí al ver el vagón vacío. «Una trampa», pensé. Sin embargo, había alguien más, en quien no había reparado al entrar: una mujer recostada en los asientos del fondo y con las manos metidas en los bolsillos de un abrigo. Lo llevaba cerrado, como si ocultase algo. Me miró al entrar y supe que estaba esperándome. Sin embargo, después deseché esa idea al ver su mirada perdida. Desvié la mirada y traté de tranquilizarme y no pensar.

—¡Eh, por favor, acércate! —me gritó.

Seguí sin mover la cabeza.

Insistió:

—¡Por favor, acércate! ¡Es necesario que me escuches!

Sucumbí a la curiosidad. Tal vez tuviese las respuestas de lo que buscaba. Me dirigí hacia ella, con precaución, sintiendo el frío del arma en mis dedos. No podía fiarme. Cuando iba a mitad del pasillo, el vagón dio un frenazo y me agarré a la barra para no caer. Ella fue zarandeada en su asiento, dio un grito, sacó las manos de la chaqueta, las luces se apagaron, me asusté y se escuchó una detonación.

Sin saber qué hacer, mi primera intención fue romper una ventana y salir ante la inminente llegada de mis perseguidores, pero el vagón se puso de nuevo en marcha y aparecieron las luces de una nueva estación. Forcé la puerta mientras el tren frenaba y salté. La dejé allí dentro. La oí gritar mi nombre.

De nuevo en la avenida, el frío me subió por las piernas. Me detuve unos segundos para mirar al frente y quise caminar, pero la calle y sus edificios empezaron a mecerse, cerré los párpados fuertemente y caí al suelo, como si una mano me hubiese golpeado por la espalda. Unas luces molestas y unas risas a lo lejos fueron mis últimos recuerdos antes de perder el conocimiento.

Llegué a casa y me estremecí al mirar la herida en el espejo. Era un surco profundo, tardaría en cicatrizar y dejaría secuelas, sin duda.

El túnel de Sábato

> Que el mundo es horrible es una verdad que
> no necesita demostración. Bastaría un hecho
> para probarlo, en todo caso: en un campo
> de concentración un expianista se quejó de
> hambre y entonces lo obligaron a comerse una
> rata, pero viva.
>
> E. Sábato, *El túnel*

Comencé a proyectar esta crónica sobre Ariel Luján Lobera, artista plástico hoy muerto o desaparecido en circunstancias no esclarecidas, en la clínica del Santo Ángel el día 24 de agosto del año 1999. Mi nombre es Enrico Salvatierra, crítico de arte del semanario cultural *Neo Generación* y ahora jubilado. He acometido en mi carrera ensayos y monografías de pintores y artistas complejos y extravagantes. Nunca, sin embargo, me atreví a llevar a la redacción los hechos que me confesó Luján.

Encerrado en mi domicilio, alejado ya del mundo de la prensa, arranco todos los días las fuerzas necesarias para superar los padecimientos que la vejez me tenía reservados y poder así contar cómo se produjo la transformación de un artista que fue referencia obligada en el arte contemporáneo durante años.

Conocí a Ariel cuando vino a visitarme después de una crítica elogiosa que hice de su primera exposición, siendo él aún muy joven. Además de darme las gracias, me pidió consejo para abrirse paso en un mundo tan difícil. No quise ocultarle la realidad. En los tiempos en los que vivimos, sus cuadros, ejecutados según las enseñanzas y el oficio de los maestros antiguos, se consideraban anacrónicos: quedaban relegados a un segundo plano, a un espacio marginal, muy lejos del que él pretendía. Ni las galerías ni los museos de arte contemporáneo se mostraban entusiastas a la hora de acoger obras figurativas como las suyas. Le aconsejé la abstracción y el arte conceptual.

Mis palabras no le sentaron bien. Inició una desenfrenada defensa de la pintura y el arte basados en la calidad y excelencia, frente al fraude y burla que llamaban arte contemporáneo. No puedo olvidar sus palabras: «¿Cómo puedes tú, Enrique, aconsejarme este disparate? ¡Tú eres entendido en arte y conoces a la perfección lo que se cuece detrás de la basura contemporánea!». Dio un portazo y me gritó de lejos que me demostraría lo equivocado que estaba. No le di más importancia y lo achaqué a la vanidad propia de su juventud.

De nada sirvieron mis advertencias: era obstinado y orgulloso. Expuso en otras ocasiones y, como era previsible, sus obras pasaron inadvertidas por completo.

Poco tiempo después, lo encontré en la inauguración de una exposición en la galería Arte Emergente.

—¡Hombre, Salvatierra! ¡El único crítico que ha entendido mi pintura! ¡Cuánto me alegro de volver a verte! —me dijo con el entusiasmo propio del alcohol en exceso.

—He visto todas tus exposiciones, Ariel, pero no has seguido mi consejo.

—Sí. Por ahora estás saliéndote con la tuya, pero... —las palabras se le atascaban como si las ideas se le apiñaran una tras otra sin encontrar un hueco de salida—, pero te prometo que pronto tendré rendido a mis pies a este mundillo de mierda.

—No lo dudo, Ariel, tienes facultades para ello. Pero cuéntame, ¿en qué estás ahora?

—¿En qué estoy ahora? No me tomes el pelo. No eres tonto. ¿Sabes dónde han acabado mis pinturas de las últimas exposiciones?

Esperó mi respuesta mientras se tambaleaba con los ojos vidriosos y con el vaso de ginebra entre sus manos.

—Supongo que en alguna colección privada —le respondí.

—¡Ja! ¡Se pudren en un sótano!

—¿Y qué piensas hacer?

—Me largo, me voy de esta puta ciudad. En algún sitio entenderán mi arte. Hay mucho mundo ahí fuera y no tan cutre e ignorante como este. Oirás hablar de mí, te lo prometo.

Pero no, durante años no oí hablar de Luján Lobera, ni una referencia suya en los papeles y en la comidilla artística. Pensé que lo habría dejado.

Una tarde de julio, cinco años más tarde, lo vi en la Estación del Norte. Estaba muy delgado y llevaba una ropa inapropiada para el calor que hacía, con una camiseta negra de manga larga que le cubría por completo los brazos.

—Enrique, ¡soy un hombre nuevo! —me dijo enseñándome su dentadura podrida—. He estado viviendo una temporada en Londres, pasé por Berlín y de allí me fui a Nueva York.

—¿Has seguido pintando? No he visto nada tuyo.

—Tenías razón, Enrique. Lo intenté, pero nadie apostaba por lo que yo hacía. Caí en la depresión y en la droga. He venido a recuperarme acogido a un programa de desintoxicación. Ya estoy bien, pero lo mejor no es eso, lo mejor es que puedo decir que he visto la luz.

—Cuéntame.

—Durante mi estancia en el internamiento, las pesadillas han sido constantes. Sobre todo, había un sueño insistente, recurrente, casi diario. Temía caer dormido y me costaba distinguir si estaba despierto o en trance. Cuando me recuperaba, no podía recordar si el sueño correspondía a esa noche o a otra anterior.

Me dispuse con estoicismo a escuchar cualquiera de las extravagantes y tediosas alucinaciones que cuentan los heroinómanos bajo los efectos de la medicación.

—Se me aparecía una niña con ropajes blancos, como los de las infantas de los cuadros de Velázquez. Ella me decía que me daría el secreto para que mi obra fuera reconocida y yo alcanzase la fama. Hablaba de la eternidad, del deseo de eternidad de los hombres, de la eternidad en la tierra tan buscada por los vanidosos artistas. Después se perdía en disquisiciones filosóficas al tiempo que su imagen se iba transformando, se diluía como un ectoplasma que se transmutaba en representaciones que iban desde las venus de Tiziano hasta las de Goya, pasando por las bacanales dionisíacas de Poussin, para finalizar siempre con el retrato del papa Inocencio X, girado y vuelto de espaldas a mí. Yo lo reconocía inmediatamente por las tonalidades rojizas y deslumbrantes del tapizado del sillón y por los cortinajes del fondo. En esos momentos, mis ojos se petrificaban en el brazo envuelto en el roquete blanco y en el papel que portaba en su mano izquierda con mi firma en rojo sangre. Sentía un frío sobrecogedor. Entonces me decía con una voz reposada, lenta, con tono grave: «El pacto está cerrado. Encontrarás tus obras en la novela *El túnel*, de Ernesto Sábato».

Me oculté la boca con mi mano y puse un gesto serio para evitar la carcajada. Después de la historia que le había escuchado, lo imaginé pintando maternidades con una ventanita pequeña en la esquina superior izquierda, donde una mujer mira al mar en una playa solitaria. Los galeristas le darían con la puerta en las narices uno tras otro. Olvidé pronto la conversación.

Un domingo por la mañana, me acerqué a un quiosco para comprar las revistas que cubrían la Bienal de Venecia de ese año. Ariel Luján aparecía en las portadas de todas ellas. Era el protagonista indiscutible de la Bienal. Iba de la mano del curador Samuel Rofocale, que había sido comisariado para la Bienal de aquel año y que lo presentaba como la nueva estrella de la escena contemporánea. Ariel había renunciado a sus principios y aparecía ahora unido a una persona con ideas opuestas a las suyas. A cambio, las fotos y películas de sus *performances* alcanzaban cotizaciones altísimas y se rifaban entre las mejores galerías y museos de arte contemporáneo. Alcanzó por fin la fama y el dinero.

Seguí su carrera a través de las publicaciones donde aparecían sus acciones artísticas, cada vez más solicitadas. En aquellos tiempos, nunca tuve la oportunidad de contactar con él, pero su vida se podía seguir a través de las revistas y los noticiarios. Una vida de drogas y lujo aparecía siempre ligada a su nombre.

Un día, unos quince años después de su confesión, me llamaron de la redacción del semanario. Me pasaron un correo electrónico dirigido a mí, donde Ariel me comunicaba que se encontraba ingresado en la clínica psiquiátrica del Santo Ángel tras haber sufrido una septicemia. Me rogaba que fuese a visitarlo para que me ocupara de su biografía.

Así hice de inmediato. Me fui a la clínica, donde me comunicaron que, en efecto, se encontraba ingresado y me esperaba. Me indicaron una sala donde podía sentarme hasta que lo prepararan antes de verlo. Sobre las once de la noche, con la sala de espera vacía, se me acercó un guardia de seguridad para decirme que no podía seguir allí. Le conté mi caso y me condujo a información. Cuál sería mi sorpresa cuando me contestaron de malos modos que allí no había ninguna persona con ese nombre, que me había equivocado. Ante mi insistencia, me echaron casi a patadas.

Durante los días siguientes, compré todos los periódicos, miré las noticias, indagué por cualquier sitio donde podría aparecer alguna noticia suya, pero fue inútil. No había ni rastro de Ariel. No volví a ver nada publicado sobre él. Parecía como si sus huellas se hubieran borrado para siempre de la Tierra, como si nunca hubiera existido. Pero no, de eso estoy seguro. Conservo todos los vídeos y revistas que fui recopilando durante años en los que aparecían sus *performances* y que verifico todos los días ante la mirada atónita de mi cuidadora. Ella me procura la medicación diaria, unas pastillas de memantina y donepezilo, gracias a las cuales consigo aún aferrarme a la vida, y, mientras escribo, miro la imagen de Ariel Lobera en las fotos y películas de vídeo. Así es. Aparece sentado detrás de una mesa y dirige su mirada, con la cara de perfil y la boca abierta, hacia su brazo derecho levantado. Lleva sujeta por la cola una rata que se mueve en inútiles esfuerzos para zafarse antes de que Ariel la aplaste entre sus dientes y se la coma viva.

Los gemelos

Recibiste la llamada a las once de la mañana y, cuando caminabas hacia el teléfono para apagar su furia —con seguridad, delatora de problemas—, pensaste cómo te abatían los días húmedos.

Dos hombres muertos, sin señales de violencia, en el domicilio de uno de ellos. Miraste a través de la ventana el vapor transparente agitado por el aire frío. Parecía envenenamiento: alcohol, metanfetamina y exceso de agua los habían fulminado. Eran gemelos, gemelos homocigóticos, precisó Gustav Feldman al otro lado del teléfono. Guardaste silencio, pero pensaste, no sin ironía, que habrían muerto en el mismo instante.

En la oficina, te completaron los detalles.

—Uno de ellos tenía pareja. Syrenabelle, sin antecedentes, extranjera, llevaba aquí unos diecisiete años.

—No sigas, déjame adivinar —interrumpiste a Feldman—, trabajaba de *escort* y así se conocieron. ¿Cómo se llamaba el gemelo número 1?

—Vladislav Pohlenz —contestó Feldman—. No le iban mal las cosas: economista y abogado, trabajaba en una conocida consultora financiera. La contrató de forma indefinida y consiguió sacarla del circuito; así, a la vez, la liberaba de los problemas con Inmigración.

—¿Todo eso has averiguado esta mañana? ¿Y el otro? —preguntaste al joven recién incorporado a tu equipo.

—Rikhart, también estaba bien posicionado.

—Eres una máquina, Feldman. Cómo se nota tu ascendencia —bromeaste con el joven alemán—. ¿Se sabe algo de ella?

—No, ha desaparecido.

—Lógico, pensaría que la culparían y se ha quitado de en medio.

—¿Y quién puede ser, si no? —No te sorprendió la deducción de Feldman.

—A media tarde estará resuelto —dijiste.

El abogado Casares llegó a la estación de trenes temprano. No sabía nada del asunto de los gemelos, cuando puso los pies en el suelo humedecido de la estación con sus recién estrenados Allen Edmond. Fijó en ellos la mirada al bajar. «Esperemos que no me jueguen una mala pasada con el suelo húmedo y las putas hojas de los árboles. No quiero pasarme este invierno a base de calmantes para el culo como el año pasado», pensó.

Preguntaste si habían estado los forenses y los de huellas. El alemán acabó su informe: restos de éxtasis en toda la habitación, botellas de agua vacías en los rincones. Hiponatremia —fue la palabra que utilizó el forense— por el consumo excesivo de agua para evitar la deshidratación. Pensaste en un accidente, en un suicidio o cualquier otra de las locuras tan frecuentes en estos tiempos. Feldman añadió:

—Había cámaras de seguridad por toda la casa.

—¿Las habéis mirado? ¿No se habrá filmado la muerte en directo? —preguntaste con estupor.

Syrenabelle lo esperaba en la terraza de un bar de la estación de trenes.

—Verás, te pongo en antecedentes. —Syrenabelle estaba sentada enfrente de Casares, con una taza de café caliente al que le daba pequeños sorbos y le temblaban los labios—. Yo era pareja de Vladislav, estaba enamorada de él, mi vida cambió en su compañía y todo marchaba bien. Un día me presentó a su hermano, Rikhart. Eran idénticos, físicamente me costaba distinguirlos; pero de carácter, la noche y el día.

—Y te enamoraste del gemelo Rikhart.

—Para nada, era todo lo contrario a su hermano y lo detestaba. Sin embargo, no era difícil interpretar sus miradas, cada día más descaradas.

Syrenabelle aspiró fuerte el cigarrillo, exhaló todo el humo y continuó:

—Lo intentó todo conmigo: se hizo pasar por su hermano, me chantajeó con mi pasado..., en fin, con todo lo que pudo. Se lo dije a su hermano y me indignó su indiferencia. Me dijo que ya lo sabía y que no le diera importancia, que le siguiera la corriente; ya se le pasaría. Ya sabes, esa enfermiza relación de los gemelos que parecen una sola persona —dijo con furia. Después agachó la cabeza y ocultó su cara.

—Sí, algo he oído sobre ese extraño comportamiento.

—Hice lo que me dijo, hasta que un día ocurrió lo inevitable.

—¿Se lo dijiste a Vladislav?

—No. A pesar de lo que me había dicho, no creo que lo soportase; pensé, sin embargo, que lo sospechaba. Lo cierto es que ya no pude evitar hacerlo más veces, me tenía atrapada. Era una atracción enfermiza que no gobernaba a pesar de querer a Vladislav, entiéndeme. —Exhaló una larga bocanada de humo y retorció el cigarro en el cenicero; miró a Casares y siguió—: Vladislav y yo nos casamos, intenté con ello evitar a Rikhart y creo que Vladislav también lo hizo con esas intenciones. Tal vez el matrimonio hiciera retraer a su hermano. Pero el resultado fue aún peor.

Entraron los de huellas para comentar que todas las horas de grabación ya estaban en la nube. Encendiste el Mac que estaba en la mesa e invitaste a Feldman para que las viese contigo por si observaba algo importante. Las escenas que miraste no eran de muerte, sino pornográficas. Observaste a Feldman, no perdía detalle y empezaste a avanzar rápido porque te aburrías, todas las escenas se repetían —con las mismas acciones— de dos en dos con ella que parecía disfrutar del juego perverso de los dos hermanos. Cada vez que había un cambio, Feldman te obligaba a parar y tomaba notas, después te pedía que continuaras. Te costaba distinguir cuál de los gemelos aparecía; le preguntaste al alemán si los distinguía y te dijo que sí. «Perfectamente», te remarcó. Te llamaron la atención varios cuadros que aparecían en las paredes del apartamento. No los conocías y le preguntaste a Feldman.

—Son de Gilbert y George, están muy cotizados y las escenas pornográficas me recuerdan en algo al *performance* que hacían estos dos artistas en las ferias de arte.

Cuando acabaste, le dijiste a tu compañero que lo tenías bastante claro. Te respondió que él tenía que estudiarlo.

—Me sorprende, con lo listo que eres —bromeaste.

En ese momento, llamaron a la puerta. Eran los de financiero, traían un informe.

—La viuda de Vladislav es heredera universal de los dos hermanos.

Miraste a Feldman y no movió ningún músculo de su cara. «Esto complica las cosas», pensaste. Te fuiste a casa tranquilo y dormiste a pierna suelta.

—La fiesta la preparó Vladislav, estaba al tanto de todo y no iba a romper con las dos personas que más quería por un simple problema de sexo. «Tendríamos una noche inolvidable», me dijo.

—¡Extraño!

—Repartió las copas, tomamos éxtasis, nos pusimos como locos y estuve pasando de uno a otro. En algún momento, los tres cuerpos se fundieron en uno solo. Fui consciente, pero no pude parar porque me hervía la sangre, mis ojos se nublaban, pasaba del placer al dolor, perdí la consciencia del lugar y me transporté a una escena donde flotaba; todo se esfumaba, desaparecía y embriagada de lujuria, perdí toda consciencia que no fuese la escena más perversa que he vivido. Yo sentada sobre Vladislav, que hundía su cabeza a la altura de mis senos, Rikhart a mi espalda, todo mi cuerpo invadido. No pude detenerme y esquivé cualquier referencia moral que me perturbase.

Todo se filmaba.

—Cuando estábamos agotados, vi que Rikhart empezaba a sentirse mal y le dije a Vladislav que había que avisar a un médico, pero se negó en redondo y se puso furioso. Luego me dijo, a espaldas de Rikhart, que este iba a morir, que le había mezclado con la bebida un coctel de drogas, las suficientes para que no aguantara; pues no soportaba más aquella situación. El tema se cerraría como un accidente, lo tenía preparado. Vladislav era abogado.

—Sí, había oído hablar de él. En este ambiente nos conocemos todos —la interrumpió Casares.

—Rompí a llorar y comencé a golpearlo; aquello era una locura. «No te preocupes. Está todo planificado... meticulosamente, sin ningún problema», conseguí entenderle. Al poco rato, Rikhart empezó a vomitar y a dar espasmos. Cayó fulminado. Su hermano se abrazó a él y le puso el oído sobre el corazón hasta que se levantó con los ojos lagrimosos. «Se ha ido para siempre». Se sentó en el sofá, con las manos sobre la cabeza. «¿Qué te pasa ahora? ¡¿No era lo que querías?!», le recriminé a gritos.

A Syrenabelle se le empaparon los ojos de lágrimas, le faltaba aire para seguir. Casares le dijo que se calmase y esperó.

—Vladislav se mantuvo en silencio durante un rato y, de repente, se puso a gritar como un poseso y a culparme a mí de la muerte de Rikhart mientras giraba la cabeza y miraba al suelo. —Syrenabelle dio otro sorbo al café y se secó las lágrimas—. Como pude, conseguí abrazarme a Vladislav para que se calmara. Durante segundos, pensé que lo había conseguido, pero me equivoqué. Me dio un empujón, me tiró en el sofá y se puso a esnifar todo lo que quedaba en las papelinas desparramadas por el salón. Como un demente. Le adiviné las intenciones.

—Las consecuencias de la muerte de su hermano gemelo, le faltaba su otra mitad —la interrumpió Casares.

—Me abalancé sobre él para detenerlo, pero me dio un fuerte golpe y me desmayé. Cuando desperté, lo vi tumbado en un sofá. Quise reanimarlo, pero estaba lívido y sin pulsaciones. Hui, sabía que me culparían a mí, tengo todas las de perder. Por eso te llamé con urgencia. Eso fue todo.

—Haré lo que pueda. ¿Tienes la filmación?

—No…, solo pensaba en marcharme de allí.

—Tendrás que presentarte en la policía y contar tu versión. No se la van a creer, pero eso puede ayudarme en tu defensa.

Te levantaste temprano y cuando llegaste a la oficina estaba esperándote Feldman.

—La viuda ha sido detenida en el aeropuerto, cuando intentaba huir.

—¡Vaya!

Tenías una idea muy clara de lo que había ocurrido, pero quisiste corroborarla con tu joven colaborador.

—¿Tienes una conclusión, sabio Goethe?

—Sí. He estado repasando todas las pruebas que tenemos y he leído las teorías psiquiátricas que se manejan sobre el origen genético de algunas patologías. Con todo ello, creo que se pasaron con la droga y el alcohol. Fue sobredosis, no veo ninguna mano ajena a los dos hermanos en los hechos.

—¿Conclusión?

—Accidente. Incluso, arriesgando y a la espera de informes psiquiátricos, suicidio. La chica es inocente.

—Pero ¿por qué intentó huir?

—Usted mismo contestó a esa pregunta, pensaría que la culparían y se intentó quitar de en medio.

Te fuiste caminando hacia la ventana y pensaste cómo te abatían los días húmedos. Sin darte la vuelta, le dijiste a Feldman que redactarías tú el informe y que estabas obligado a limitarte a los hechos, nada de teorías psiquiátricas. A través de los cristales, miraste el vapor transparente agitado por el aire frío. La ley no juzga suicidios y accidentes y ya ella se aprovechó bastante. Te volviste y, por primera vez, comprobaste la desaprobación en la cara de Gustav Feldman.

La celebración

Los que lo acompañaban, todos amigos nuestros, controlaron su respiración de tanto en
tanto sosteniendo un pequeño espejo debajo
de su nariz, asegurándose de que el cristal se
empañase con su aliento. Pero después de un
rato se olvidaron de él y su respiración falló
sin que nadie se diera cuenta. Simplemente, se
fue a pique. Se murió. Yo sigo vivo.

DENIS JOHNSON,
Libre bajo fianza

Aparecieron dos enfermeros arrastrando una camilla con el
cadáver de Barral. Por fin, se acababa la espera, pensé. Los tres
nos quedamos mirando mientras nos lo pasaron por delante. Lo
habían lavado y estaba levemente incorporado sobre la almoha-
da. Su cara limpia parecía una mancha amarilla empastada sobre
la cama blanca. Su cuerpo, un bulto que apenas se distinguía.
Le habían cubierto completamente el cuero cabelludo con una
venda. Los tres nos miramos sin mover un labio. Los camille-

ros se fueron en silencio y nos quedamos solos en aquella sala inmensa con la camilla en el centro. Durante un rato, ninguno de nosotros abrió la boca. Varela se aventuró entonces:

—Han hecho un buen trabajo, lo veo más guapo muerto que cuando estaba vivo.

Nadie acompañó su impertinencia con una sonrisa y cortó en seco.

Luque se alejó y empezó a mirar por una de las ventanas que daban a un jardín interior del hospital. Estuvo allí durante un par de minutos pensando o eso parecía. Después, regresó donde estábamos. Metió la mano en el bolsillo de su pantalón y sacó una papelina arrugada. La abrió, extendió la coca en una zona metálica y lisa de la camilla y separó tres rayas con una tarjeta que sacó de su bolsillo trasero. Las alineó cuidadosamente y me miró:

—Tranquilo, hombre —me dijo—. Es mejor tomar un poco —nos aconsejó mientras hacía un canutillo con un billete y le daba unos golpes en la base metálica—. Los hechos mandan, hay que tener la cabeza fría —hablaba con los ojos muy abiertos—. Todos lo hemos visto, un accidente —concluyó después de inclinar bruscamente la cabeza hacia atrás al aspirar el polvillo.

Yo conocía a Luque de vista y esa noche creo que lo tuve delante más de la cuenta. Era de esos tipos que desde la primera vez que te ven se pegan a ti, te marcan y te hablan como si te conocieran desde siempre. No me ha gustado nunca eso y procuré esquivarlo durante todo el tiempo; sin éxito. Me dijo durante la noche que me alejara de Barral. Sabía que era mi amigo de hacía tiempo, pero no era de fiar y me la jugaba o me la jugaría en cualquier momento más pronto que tarde. Como no me gustó lo que dijo, no le contesté. En mi interrogatorio posterior ante la policía, estuve concentrado, o eso creí, pero no dije nada de esto ni cité su nombre. De todas formas, no estaba muy seguro del papel de Luque en todo aquello. Allí, sin embargo, en aquella situación, era evidente que el rol de líder le venía como anillo al dedo. Acepté los hechos como un mal menor: no tenía otra salida que seguir el guion que nos marcaba.

Habíamos llegado con Barral al hospital muy temprano. La noche anterior habíamos estado de celebración. Barral se encargó del suministro y vino con un surtido que nos debía de durar mucho tiempo. Estaba muy cargado, se había caído por las escaleras y se había desnucado. Repetimos retahíla una y otra vez hasta que se nos quedó grabada en la cabeza y así estábamos cuando entramos hasta que nos interrumpió la voz de un agente:

—Tenéis que ir a comisaría.

En el interrogatorio, me hablaron de la autopsia, de los restos de cristales en la cabeza de Barral, de la droga que llevaba. Cuando empecé a creer que aquello se me iba de las manos, me pregunté delante del policía que me interrogaba qué pensaría yo en su lugar. ¿Creería en la versión del accidente? ¿Pensaría que Barral, alcoholizado y drogado, se había caído por las escaleras y se había desnucado, como habían declarado Luque y Varela antes y yo acababa de hacer? ¿Pensaría que los restos de cristales en su cabeza se le habían adherido de las botellas rotas en el suelo, como habíamos repetido todos? Y, sobre todo, ¿por qué Luque y Varela no llevaban heridas sangrantes en las manos?

Volví mentalmente a la fiesta intentando buscar una respuesta. Todo había ocurrido muy deprisa. A mitad de la celebración, Varela se fue para Barral:

—Nos has timado, cabrón, tú y tu compinche. ¡Aquí hay mucha mierda! —le oí gritar.

Me sorprendió Varela. Ignoraba la causa de esa reacción. ¿También tenía algo guardado para Barral?

—No te pases, Varela —le dije para serenar los ánimos.

Ni me miró, se fue para Barral y le alcanzó la cara. Me sentí dentro de una burbuja. Paranoico. Luque me miró y sonrió con malicia. Nos fuimos como si nos empujara la misma fuerza contra Barral, que no se achicó y respondió con una violencia tan inesperada como estéril, porque una mano enloquecida le rompió una botella de malta en la nuca. Cristales, *whisky* y sangre nos nublaron la visión.

El estallido nos paralizó. Cayó al suelo sangrando y nos dimos cuenta de que el golpe tendría consecuencias. Intentamos reanimarlo. Llamamos a los demás y se acercaron.

Habitación con vistas al mar

Abro la puerta y me encuentro una sala casi vacía, me dirijo al balcón. Se asemeja a un trampolín al que se llega por un largo pasillo. Es sábado, las primeras horas de la mañana. En la pared de la habitación que mira al este, la luz irradia desde dos hileras de ventanales. La puerta al balcón está en un extremo, junto a una escalera metálica que lleva al piso superior.

Salgo y miro. El viento huele a lluvia reciente como olía el invierno cuando era niño. A poca distancia oigo el murmullo del océano, leve, discreto. Una bruma blanca desdibuja el horizonte y se unen los azules del agua y del cielo. A la derecha, una torre altísima de cristal y acero me inquieta; vigila indiscreta el asfalto en silencio de la avenida. Tiene la misma altura que la torre donde me encuentro.

Martín eligió la habitación en internet. Pasó días delante del ordenador en busca de imágenes. Por fin, al otro lado del mundo, encontró la que pretendía: una habitación en una torre alta, que daba la espalda al centro de la ciudad y tenía vistas al mar. La alquiló para un fin de semana con la determinación irrevocable de tirarse desde lo alto. Saltar al vacío, morir aislado con el sonido de una tierra desconocida. En el interior de la habitación, enciende un cigarro y se deja caer en un sofá frente a los ventanales.

Ahora te sienta mal, la primera calada te raspa en la garganta, te ahogas con el humo. ¡Parece mentira que antes no pudieras vivir sin ese gesto! Te trae el sabor de canela del *gin* y evocas los ojos de Elena, su sonrisa. Por primera vez sientes temor. ¿Quién te había dicho que esto fuera fácil? Los días de niño, eso es lo que te queda, es la única materia en forma de energía que quedará en el aire cuando caigas. Los días subido en la bicicleta con el aire en la cara, la primera vez que te sentiste libre al querer abarcar con tu mirada todo el campo.

Martín vuelve al balcón. De nuevo el mar desde la altura. El espacio es perfecto, mira la distancia al suelo y la siente como una atracción al desenlace. Con las manos agarradas al frío de la baranda metálica, la vasta llanura de tejados en los que se extiende la ciudad le recuerda los paisajes en los que perdía su mirada por la ventanilla de los trenes en los viajes de agosto. «No es hora de recuerdos. Está todo decidido y es la mejor elección: hermosa y segura». Mientras cierra las ventanas, recita en voz baja, irónicamente:

—Y vendrá la muerte y tendrá tus ojos. —Sonríe.

Da un paseo al interior antes de volver de nuevo a la ventana.

¿Mantener la indecisión hasta el último momento? ¿Los años felices? ¡No, ahora no! Morirás en los primeros segundos. El corazón explota, la aorta y las cámaras del corazón revientan. No tendrás miedo cuando llegue el momento, el impacto se producirá en unas décimas de segundo. Ya has desechado el deseo de vivir, la idea del suicidio no es transitoria. Has disipado todas las dudas. Has leído que el espíritu se desprende del cuerpo antes del impacto mortal, abandona la materia. Solo sentirás serenidad. Dicen que tu cerebro procesará todas las imágenes en unos segundos antes del impacto y sí, verás a tu hijo recién nacido entre tus brazos, todo lo que un día amaste.

«¡Qué noche estupenda en este lado del Atlántico! ¿Podemos fumar otro más? Toma una raya». La sonrisa de tu hijo de nuevo, el año en que acabaste el curso en mayo, los días a su lado en una alcoba, cuando palpaste sus pezones por primera vez. Los buenos recuerdos son los que traen melancolía: las tardes de calor, las noches de calor, el aire caliente entrando por la ventana y el sueño que no llega, mientras aguarda implacable la mañana.

Martín se adentra, saca un vaso, lo llena de ginebra y se desploma de nuevo. Derrotado.

Ahora tu mundo no es más que un dolor, así que solo había una manera de escapar. El edificio en construcción y la cama vacía, el colchón esperando a ser cubierto, la cita esperada. ¿Qué es lo que deseamos de todo aquello? La mirada perdida de ella. La visión de un ahorcado en el horizonte, la llegada de la guardia y el peso de su cuerpo resbalando entre sus manos, los gritos de desesperación de la madre. Los gestos de inocencia de Elena en una noche perdida en un auto con la luna iluminando la copa de los árboles. La silueta en el horizonte del ahorcado, de tu hermano ahorcado; el cadáver en la carretera, el charco de sangre que baña los pelos, la noche caminando hacia la aldea, los llantos de mi madre, la guitarra que suena de nuevo en el bar al final de la calle.

Has mirado de nuevo abajo y no hay nadie. Tu grito se perderá, tal vez el eco serpentee por las esquinas, tal vez alguien te vea y se estremezca al escuchar el crujir de tus huesos en el suelo, el sonido sordo en el asfalto. Tu alma está seca como una rama cortada hace tiempo, varada en una estación de trenes soleada, mejor atrancar la rueda. Vendrá la paz de la nada de la que oíste hablar o una nueva guerra, desconocida y eterna a la que una voz interior te acompañará en ese vacío.

Martín se sirve otra ginebra y pasea mirando por las ventanas.

¿Quién te esperará este verano? Las vueltas por el parque, otro paseo en solitario por el parque, la tarde en invierno, la primera traición, de nuevo el verano, el sonido de su voz al otro lado del teléfono, toda la tarde juntos, la primera sensación al tocar su piel.

Has perdido la razón y estás borracho, aunque disfrutas la noche. Esto no va a acabar, el silencio después de la canción. Las noches sin dormir, sudado, muerto de celos en una angustia irresistible por su ausencia. El sueño que no llega, el evidente significado de sus palabras. La ofensa recibida, tu derrota... ¿Quién te dijo que sería fácil? Tómate la última pastilla, coge el último cigarro, corre hacia el balcón, no mires y no pienses, lánzate a volar, la ciencia no engaña, no sentirás nada, es como saltar a una piscina desde el trampolín, como el momento antes de sentir el frío del agua la primera vez, la secuencia en imágenes de tu vida en unos segundos, vuelve a vivir de nuevo, a sentir lo que perdiste, recupera lo que añoras, sírvete otra copa, dirige tu mirada a la noche, canta borracho bajo las luces de la calle, sonríe.

Esperaste hasta el último momento para abrir el maletín, tantos años esperando aquel desafío.

Con los primeros rayos de luz y tras un sueño plácido, Martín se despertó en medio del salón. Recogió sus cosas apresuradamente. Durante un tiempo que no supo precisar, realizó acciones mecánicas y rutinarias. Por fin, una estampida. Corrió con velocidad, tomó el vuelo y miró el vacío desde lo alto.

El encargo

Cuando ella traspasó la puerta de la habitación, él, sentado en una butaca, empezaba a calzarse unas botas. Ella permaneció de pie y lo miró; iba vestida con chaqueta y pantalón negro y sostenía un pequeño maletín.

—¡Maldita sea, tenía que ser precisamente hoy! —dijo él mordiendo la colilla de un cigarro a medias.

—No maldigas tanto —contestó ella—. No te pega: recuerda que eres un chico de buena educación.

Ella se acercó a la ventana con pasos lentos y entreabrió un poco la cortina. Miró abajo algo mientras él forcejeaba aún con las botas. Después se dio la vuelta y se paró junto a una mesa que estaba en el centro de la habitación.

—Lo que pediste.

—¡Está claro que alguien se divierte jodiéndome!

Sin prestar atención a la queja, ella dejó el maletín sobre una mesa. Con una llave que sacó de la chaqueta, abrió el maletín y comenzó a sacar el contenido, depositándolo con cuidado.

—La MK23, el cargador y el puntero láser. Todo lo que exigiste —dijo al colocar el último objeto.

Levantó la mirada. Él, sentado aún y sin quitarse el cigarro de la boca, la miró.

—Creo que te has equivocado de habitación. Y de hombre. Yo no he pedido nada de eso. Además, no sé qué es ni para qué sirve.

—Nunca se te dio bien representar, querido. Requiere sutilezas para las que no has nacido.

—Ah, ¿no?

—No.

—Vale, guapa, no te pongas así. Espera, tengo cosas que decirte que no me gustan.

—Como quieras. —Ella se puso a recoger lo que había puesto sobre la mesa y cerró la maleta—. Empieza.

—Está bien. No estoy de acuerdo con la forma en la que se está haciendo esto. Primero, se habló de un mensajero, no de una paloma mensajera. Si llego a saber que te iban a enviar a ti, no hubiera aceptado; en segundo lugar, los materiales. Eran cosa mía, este es mi trabajo. —El humo del cigarrillo que subía por su cara y le hacía guiñar un ojo—. Esto apesta a encerrona.

—Fui yo quien se prestó a venir. Quería verte.

—¿Qué has dicho?

Apagó el cigarro y cogió un vaso que estaba en un mueble. Echó unos cubos de hielo y dejó caer el chorro de ginebra despacio, haciendo girar la botella en pequeños círculos hasta cubrir por completo el hielo. Bebió sin quitarle el ojo de encima.

—Pensaron que estaría bien. Dijeron que mi presencia te haría feliz. Además, como no se fían mucho de ti, aprobaron que te acompañara. Por si necesitabas ayuda, dijeron.

Con el sorbo de ginebra aún en la boca, estuvo a punto de expulsarlo con una carcajada que no pudo contener.

—¡Qué listos! No me lo puedo creer —siguió sonriendo.

—No sé qué te hace tanta gracia. Todo tiene su lógica. Es un buen plan.

—¿Para quién?

—Tanto ellos como tú estáis en el mismo bando.

—Eso creía hasta ahora, pero tu presencia aquí no me gusta. Algo me dice que me están ofreciendo la manzana del paraíso.

—El razonamiento lógico no ha sido tampoco nunca tu fuerte. Siempre te dejas llevar por los impulsos.

—Pues mis impulsos no barruntan nada bueno.

—No te maltrates más. ¿Quién mejor que yo podría hacer el trabajo?

—Se entiende que el trabajo es mío. ¿Qué quieres decir?

—Mi trabajo es ayudarte.

—¿Para hacer ejercicios en el campo de tiro?

—Sí, para eso.

—No necesito ayuda para eso.

—Pero sí para derribar a un elefante.

—No voy a matar a ningún elefante y dile a tu novio mandamás que se meta esa pistola por el culo y apriete el gatillo. Y si él no se atreve, a él sí le puedes ayudar.

—No tengo novio, lo sabes. ¿Por qué no paras con esto y comienzas?

—Está bien. Ponte de espaldas, sobre esa ventana. Desde fuera no te ven. Me vas contando lo que ocurre.

Mientras él comenzó a pertrecharse, ella miraba la avenida. De pronto, empezaron a salir de los edificios los empleados que terminaban el trabajo. A algunos los esperan en el coche, otros iban solos hasta el metro.

—¿Ves algo especial?

—No, nada.

Al poco rato, cuando la avenida comenzaba a vaciarse de tráfico y de transeúntes, un coche negro escoltado por otros dos avanzó por la avenida.

—Ya llegan. La manada lo protege bien.

—Eso no es problema.

Él entreabrió la ventana y sacó el cañón con cautela. Se apostó seguro y miró hacia la avenida. Ella se puso detrás de él. Hizo un amago de caricia detrás de su cuello, pero se arrepintió. Sonó un disparo.

En busca de refugio

A Manuel Ambrona lo empujaron del coche en un callejón cercano a su casa. Cayó al suelo y allí se mantuvo hasta que no oyó a nadie cerca. Consiguió levantarse con esfuerzo. Tenía náuseas y miró el reloj; comprobó aliviado que las agujas marcaban las cinco y media.

Avanzó despacio; con la mano izquierda se apoyaba en la pared y con la derecha se servía para agarrarse el cinturón y mantener así levantado el abdomen. No quiso mirar, las náuseas le trajeron a la memoria la imagen de alguien al que le colgaban las vísceras. Parado y de pie, miró al frente y comprobó que aún debía atravesar dos manzanas amplias para llegar al portal de su casa. Solo allí se redimiría. Apareció en su cabeza la imagen de María y en ese momento se odió. María se levantaba a las siete para ir a trabajar. Tenía que llegar antes, solo así podría salvarse.

Cogió fuerzas para continuar. En su cabeza comenzaron a rondar, como un castigo, las advertencias de María antes de salir: «No vayas, Manuel, es una encerrona». Y después, su cabeza recalaba en la cara de Celote, sus palabras, sus risas grotescas; maldito traidor, toda la noche señalándolo. ¿Qué expresión había utilizado? ¿Delator? Sí, esa había sido. ¿Cómo se había atrevido a llamarlo así delante de todos? Pero lo peor había sido Carolina. Si María lo intuyera... No esperaba aquello de Carolina. Ella lo había arrastrado a la situación en la que se encontraba ahora. La creía más entera, eso decía María de ella. ¡Qué error! ¡Carolina lo había lanzado al mismo centro del abismo!

Volvió a levantar la cara. No había amanecido aún y una lluvia fina humedecía la atmósfera. El barro ocupaba las aceras y tres farolas, que se disponían alternas en ambos lados de la calle, creaban un rosario de charcos brillantes sobre el asfalto. Jadeó. Miró a su alrededor con dificultad y avanzó en silencio. Aguzaba el oído a cada paso.

—No me siguen, me han abandonado a mis fuerzas —balbuceó.

Una repentina ráfaga de viento le trajo un aire frío que le atravesó la ropa y le congeló los huesos; la piel y los músculos de la cara se contorsionaron hasta parecer una máscara grotesca. Sin tiempo para reponer fuerzas, un chasquido sordo precedió un relámpago con cientos de brazos que se mantuvo brillante y colgado durante un segundo sobre el fondo negro del cielo, iluminó calles y casas y se apagó de inmediato. Esta vez se hizo la oscuridad más absoluta. Se paró en mitad de la calle y se sobrecogió.

Aterrorizado, consiguió correr unos metros, pero una lluvia torrencial, que el fuerte viento dirigía en varias direcciones, lo contuvo. Prosiguió su forzado recorrido al antojo del viento y la lluvia, zigzagueando de un lado a otro de la calle y cubriéndose la cabeza con el abrigo chorreando. Volvió a mirar al frente y una luz de una farola apagada se encendió produciendo un sonido estridente; se asustó y se apresuró a ocultarse.

En la segunda planta de un hotel, situado en mitad de la calle, se encendió una luz que se proyectaba por el tamiz de unas cortinas blancas. Sin dejar de mirar la ventana para ver si se movían figuras en su interior, siguió avanzando, apoyándose en la pared. La lluvia aplacó su furia y volvieron confusas las imágenes recientes: la música que ahogaba los gritos, las voces, los cigarros encendidos, el humo que le echaban en la cara, que lo mareaba, la voz, los gritos de Celote, las risas de Carlos Tuétano, el aliento, la silueta de Carolina...

Un charco le hizo resbalar y oyó el chasquido de su rodilla hincada en el suelo. Se levantó como pudo, mientras todo comenzó a darle vueltas. «Se acabó», pensó. Durante unos segundos, aguantó le respiración mientras observaba que otras luces empezaban a encenderse en las viviendas. Creyó oír sonidos de despertadores, ronquidos apagados, suspiros, palabras y gemidos, frases cuyo sentido no acertó a descifrar.

Por fin pasó el hotel y se sintió aliviado por la protección que le brindaba la lluvia de posibles presencias extrañas; esquivó las luces de las tres farolas y evitó la creación de sombras en movimiento que lo delataran. El esfuerzo continuado que empleaba en avanzar le iba haciendo sentirse cada vez peor. De pronto, el cuerpo pareció que definitivamente le traicionaba y noto ascender por su interior una mezcla fluida y ácida que no pudo contener y expulsó violentamente una arcada que le dejó en la boca un regusto de sangre y bilis. Un sudor frío le subió por la frente al tiempo que cesó la lluvia.

Miró arriba, sorprendido, vio el número de su casa y con dificultad abrió la puerta y entró sigiloso. No había dado un paso, sin embargo, cuando en la oscuridad la voz desgañitada de María lo dejó petrificado en mitad del vestíbulo:

—¡No te esfuerces! Desde que has abierto la puerta, ¡el olor a borracho ha inundado toda la casa!

Herencias en alta mar

Una marea de cuerpos en bañador, zapatillas y camisas de algodón moviéndose a ritmo de *Wobble Baby* en la cubierta de un barco gigante. En las puertas de la catedral de San Luis, en Nucva Orlcans, un camello con gorra jamaicana me vendió, a precio de risa, la mejor cocaína que he probado nunca. Y en una aldea maya, después de una degustación, tuvieron que sacarme en camilla. Soy Antón Vianas, abogado.

Marcos Montesinos murió a las cinco de la mañana de un domingo, cuando hacía el crucero entre Nueva Orleans y las Islas Caimán. Encontraron su cuerpo desparramado en el suelo del gimnasio. La autopsia determinó infarto agudo cerebral. Lógico. Llevaba todas las papeletas: próximo a los setenta, estaba gordo y tenía antecedentes cardíacos. Además, varios testigos declararon que la noche anterior comió y bebió sin contemplaciones —con instinto suicida, podría decir a la vista del resultado—. La última vez que lo vieron, bailaba casi sin poder sostenerse en la discoteca de cubierta.

Mi móvil sonó muy temprano. Deslicé el dedo por la pantalla y una voz de mujer me llegó del otro lado:

—Señor Vianas, ¡ha sido agraciado con un crucero de lujo por el Caribe durante una semana!

—Perdone, pero no participo en ningún concurso de la telebasura.

—Disculpe la broma y deje que me presente: soy Cristina, Cristina Montesinos, hija del primer matrimonio de Marcos Montesinos. Habrá leído en la prensa que falleció en un crucero hace unos días.

—Sí, esas son las noticias con las que nos alimentamos a diario.

—Pues bien, mi padre fue asesinado. Le pongo en antecedentes: su exmujer, Úrsula, que todavía no tiene sentencia de divorcio, está implicada. Un suculento legado le espera en el testamento de mi padre. Ella conoce este hecho, aunque lo negará si se lo preguntan.

—¿Y?

—Encuentre pruebas incriminatorias del asesino, un conocido *playboy,* novio de Úrsula. Se le conoce con el nombre de Juliá.

Hizo una pausa —escuché que absorbía algo con una pajita— y continuó:

—Juliá trabaja en un espectáculo nocturno en el crucero. Se dedica a entretener a algunas mujeres, las prefiere maduras y con dinero y les saca lo que puede a cambio de sus encantos.

—Y, claro, me espera para firmarme una confesión...

—Vianas, no te será muy difícil. —Me cortó y colgó el teléfono sin darme oportunidad de réplica.

Me dirigí a la cocina y cogí un vaso, le puse hielo y lo llené de ginebra. Después de la llamada, no me apetecía otra cosa. Regresé al dormitorio, me senté al borde de la cama y encendí un cigarro.

—A ver, Antón, eres un simple abogado y sí, has conseguido renombre en los delicados temas de herencias, pero ni eres policía ni tienes preparación alguna como detective y el encargo tiene riesgos evidentes. Le han dado tu nombre por delante de cientos de despachos mejor cualificados porque no quiere que el tema se airee. ¡Un crucero de trabajo! ¿Encontrar una prueba de un presunto asesinato en una bacanal de placer y ocio y con los gastos pagados? Desde luego, es más estimulante que estar todo el día pateando notarías y juzgados.

Di una larga calada al cigarro y lo retorcí en el cenicero. Apuré la ginebra y me puse en marcha.

No me costó mucho reconocer a Juliá. En la bienvenida que nos hicieron, llamaba la atención sin complejos: traje blanco de Armani, alto, peinado impecable y bronceado caribeño. Atraía la mirada de las señoras sin más alarde que una estudiada medio sonrisa. No lejos de él estaba el doctor Lladró. El doctor Lladró había firmado la autopsia de Montesinos. También era joven, con un cuidado bigote y de esos médicos de los que no dudas ni un segundo en seguir el tratamiento que puedan prescribirte.

—Bienvenido a bordo, señor Vianas. Estamos a su entera disposición. Le deseo mucha suerte.

Aunque supuse que las palabras del capitán formaban parte del protocolo de bienvenida, de su mirada y de la sonrisa que me brindó, no pude evitar la sospecha de que estaba al tanto de mis movimientos.

Después de cenar, me acerqué a una de las salas de espectáculos, donde trabajaba Juliá. Estuve un rato mirándolo con descaro. Me atreví incluso, bajo los efectos del coctel, a hurtarle una de sus parejas, con la que me puse a bailar.

—Es usted un hombre muy atractivo —me dijo la señora—. Soy una habitual en este crucero. ¡Me encantan los cruceros! En especial este. Casi todo el personal es como parte de mi familia. Los conozco a todos y usted puede, junto al Juliá y al doctor son los tres hombres que más me han llamado la atención hasta ahora, sin contar al capitán, claro. Bueno, es que el capitán es de otro nivel, usted me entiende.

Pues no, no entendí lo que quería decirme, pero tampoco me importaba lo más mínimo. Cuando acabé el baile, me fui a un piano-bar tras los pasos de Juliá. Mi acoso empezó a dar sus primeros frutos.

—Vengo observándolo y creo que quiere decirme algo. —Me fijó los ojos esperando una respuesta.

—Sí, sí, lo ha adivinado, señor Juliá. Soy Antón Vianas, abogado. El padre de una de mis clientes falleció en un crucero como este. Me ha contratado para que verifique algunos detalles *in situ*.

—Ah, encantado, señor Vianas —se relajó—. Cristina le ha ido con la historia de que me las he ingeniado para provocarle un infarto a su padre. De esta manera, a Úrsula, mi actual compañera, le tocará un pellizco millonario.

Después de darle un largo trago a un daiquiri que le habían puesto, terminó:

—Pierde el tiempo, señor Vianas. Cristina no está en su sano juicio. Fue ella la que me propuso esa idea hace algún tiempo. Odiaba a su padre y tenía prisa por recibir la herencia. Después supe que Úrsula era beneficiaria de un legado de Montesinos y que esto llegó a conocimiento de su hija. Sin duda, este hecho debió de poner muy nerviosa a Cristina.

—Usted tuvo algo con Cristina.

Me hizo un gesto levantando las cejas y continuó:

—Su padre murió de infarto sin que nadie se lo provocara. Todos los informes lo corroboran y, créame —me dijo levantando los ojos—, no soy tan listo.

—Úrsula no sabía nada del legado, por supuesto.

—Señor Vianas, le deseo una feliz estancia.

Durante los siete días que duró el crucero, conocí a todo el personal que trató con Montesinos. Salvo el hecho de que Juliá tenía la exclusiva del suministro de cocaína a los clientes y que desde arriba se hacía la vista gorda a este trapicheo, no conseguí averiguar nada nuevo: todos los caminos llevaban a la versión oficial. Se me ocurrió que una entrevista con el doctor Lladró podría darme la clave de aquel embrollo. Para mi sorpresa, accedió a mi petición sin reservas.

—El señor Montesinos murió de infarto.

—Sí, doctor, eso es lo que dice la autopsia, pero ¿se lo podrían haber provocado con alguna sustancia?

—¿Como, por ejemplo?

—Cocaína, por ejemplo.

—¡Hombre! Eso hubiera sido fulminante, pero hay un inconveniente.

Esperé la respuesta evidente.

—No se encontró nada en los análisis. Créame, señor Vianas, el alcohol y los excesos, en la situación del señor Montesinos, eran suficientes para ocasionarle un infarto en cualquier momento.

Después de las explicaciones del doctor Lladró, pensé que la versión de Cristina no se sostenía. Interesada en la muerte de Montesinos estaba Úrsula, eso era evidente; conocía el legado y era la amante de Juliá: si el viejo no moría pronto, podría revocarlo. Hasta aquí la teoría de Cristina era coherente; pero también estaba ella. No soportaba a su padre y estaba ansiosa por disponer de la herencia a su gusto.

El sábado, un día antes de acabar el crucero, nos llevaron a conocer una aldea maya, donde degustamos un tequila azul fabricado de forma artesanal. La degustación casi me cuesta un coma etílico. Me trasladaron inconsciente al barco. De madrugada, la brisa y, sobre todo, una fuerte discusión en la habitación contigua me sacaron del letargo. Las voces eran del doctor Lladró y de Juliá, pero mi estado me impedía discernir con claridad. Creí que era el mejor momento para darle uso a la cocaína que me había vendido el jamaicano. Pude distinguir con claridad las palabras «Úrsula» y «ruptura inmediata». Parecía que Lladró amenazaba a Juliá, pero no pude determinar el alcance.

Por fin, el domingo desembarcamos y como despedida recibimos unos obsequios gentileza de la naviera. El propio capitán se me acercó, se aseguró de que me entregasen el regalo y se despidió de nuevo con la sonrisa que yo me atrevía a calificar de cómplice. Repitió el gesto con los demás pasajeros.

Cuando llegué a casa y miré el contenido del regalo, una escena se incrustó en mi cerebro como si la hubiese vivido: el doctor Lladró cerraba la puerta de la sala donde se hacía la autopsia de Montesinos. Después se dirigió a los que esperaban y dio orden de que nadie entrara. Alguien, sin embargo, no le hizo caso.

Quedé con Cristina al día siguiente en la cafetería del Ritz.

—Cristina, su padre fue asesinado. No cabe duda, su infarto fue provocado.

—¿Tiene alguna prueba?

—Sí, lo que esperaba: el análisis de sangre después del fallecimiento. Se detectó cocaína para tumbar a un elefante. Este es el informe original, el que sirvió para la autopsia fue falsificado por alguien.

—Entonces, está claro que fue Juliá.

—No lo creo, todas las sospechas hubieran recaído sobre él.

—¿Quién falsificó los resultados, entonces? —No contesté—. ¿El médico? ¿Por qué iba a hacer algo así?

—Era amante de Juliá y, si salía la cocaína como resultado de la muerte, Juliá se vería en apuros. Alguien —evité identificarlo— metió los análisis originales en el paquete que me iban a entregar el último día. En mis manos llegarían a su destino. Ahí los tiene.

—¿Insinúa usted algo, señor Vianas?

—Me hizo usted un encargo y he cumplido, eso es todo.

A Cristina mis respuestas la enfurecieron. Se levantó con el sobre en la mano, lo metió en su bolso y, con un gesto brusco, se lo colgó al hombro y desapareció. Pagué al camarero del Ritz y me quedé sentado mirando la gente que entraba y salía del café. Encendí un cigarro y me entretuve haciendo anillos de humo. No me quedaba la menor duda, el capitán era de otro nivel.

Ojos caídos

Tenía los ojos caídos y clavados en el fondo del vaso de ginebra que cogía entre ambas manos y en el que removía los hielos. Estaba solo, sentado en medio del Sticky. A su alrededor una gran algarabía de hombres y mujeres que pasaban con cigarros en las manos y hablaban exhalando humo. Hacía como el que esperaba, pero estaba solo; su mente se diluía en el humo que invadía el habitáculo. Pensó en la primera vez que leyó a Freud; pensó en su infancia, en los comienzos del sexo, en ella. Le cayeron encima, de repente, las imágenes de treinta y cinco años de vida en común: viajes, trabajos, dificultades, discusiones, abrazos, aires respirados en cientos de habitaciones, miles de kilómetros recorridos, su mirada, la primera vez que hablaron, sus hijos. Levantó el vaso y la garganta le ardió con la ginebra fría.

La calle estaba húmeda, brillaban los adoquines, eran las primeras lluvias de octubre y el aire que respiraba le era reconocido de viejo. Su limpieza al entrar en su cuerpo le hacía daño, le subía al cerebro y le arrancaba nuevas tristezas que bailaban delante de él a pesar de llevar la sangre ebria. Quiso estar feliz otra vez, como un nombre nuevo con esperanzas, con días venideros a los que asirse con proyectos inéditos. Quiso abandonar el pasado y guardarlo en un reducto de su cabeza y de su vida y empaquetarlo como un regalo, cerrarlo y guardarlo a cubierto, para volver a él solo para saber que había sido aquello, pero solo eso. Caminó animado y, cuando llegó a casa, el silencio y la oscuridad del pasillo le hicieron llorar. Acabó tirado en la cama sin quitarse la ropa y se durmió.

A lo largo de los años, aquella noche le vendría a su mente como un recuerdo melancólico, pero limpio, como un pasaje inolvidable, como un nacimiento. De allí para atrás rebobinaba con interferencias y todo desaparecía: no había existido.

***

Ella había muerto. No reconoció o no recordaba la voz que le dio la noticia en el teléfono y ellos habían muerto, los tres, no para él, no para sus adentros, habían desaparecido para siempre: muertos en un accidente, habían derrapado por el arcén, habían acabado aplastados en el fondo de un barranco, después de dar el coche varias vueltas y golpear violentamente en el suelo, botando por la pendiente. Sus restos quedaron esparcidos por la montaña, no quiso seguir escuchando y de nuevo su voz se desvaneció en el silencio. Con ironía se maldijo, pensando en si abriría el paquete que había prometido no volver a mirar. Salió a la calle fresco, con gafas oscuras miró al cielo, caminó raudo. Los interrogatorios, las firmas, el tanatorio, los cuerpos presentes que no quiso mirar, que apartó inmediatamente de su vista, que prometió no recordarlos nunca después. El entierro, los murmullos, los llantos, los golpes en la espalda; los abrazos de unos y otros, los besos con ojos empapados, con ojos brillantes, con bocas que gemían y las miradas con las que rechazó cruzarse. No recuerda los días que anduvo tramitando su marcha, como un zombi, como un desconocido que deambulaba por las calles, que entraba en despachos, que atendía las llamadas, tantas llamadas, tantos cierres, tantas puertas que se abrían y que se cerraban, tantas luces de aquel invierno que iba consumiéndose día tras día como le venían a su pensamiento.

No recuerda cómo resistió el envite, cómo surgió, cómo salió de allí, cómo miró la ciudad con un solo maletín el día que apareció en el aeropuerto para irse y no volver más. Pensaba en el paquete escondido y si alguna vez lo abriría para que saliera a la luz de nuevo todo lo que había pasado, pero fue inflexible: lo rechazó sin dudarlo.

Sintió euforia cuando se aplastó en el asiento amplio que le esperaba en el avión; se imaginó un hombre nuevo y sin pasado, sin historia, recién nacido. Tentó el bolso para oír música, pero lo rechazó de inmediato, lo llevaría al paquete amordazado. Miró por la ventanilla y sus ojos se perdieron en la tierra distante donde las últimas luces de la ciudad en la que treinta y cinco años quedaban encerrados y olvidados en una caja escondida bajo una escalera, en un trastero polvoriento que solo había visitado antes cuando tenía diez años. Así se sentía ahora, como si tuviera de nuevo esa edad y volviera a la vida.

El avión y las pequeñas sacudidas del despegue lo hacían traspasar la puerta de lo nuevo, de lo no vivido, de lo desconocido. Miró caras de mujeres guapas, miró los ojos de niños y apartó la mirada. Quiso beber, pero no probó la copa; todo le removía el contenido de una caja empalizada en su cabeza y que no acababa de enterrar. Sacaba fuerzas; se envalentonaba; pensaba en sus diez años cuando empezó a mirar el mundo con ojos nuevos, cuando empezó a vivir cada momento para crear un recuerdo y archivarlo para sacarlo en cualquier momento, pero recaía una y otra vez hasta pensar en que sucumbiría. En cualquier momento sucumbiría a la realidad imposible de apartar, a los recuerdos que le volverían a llover, a empaparlo hasta helarlo y paralizarlo, hasta morir sin fuerzas para avanzar, sin fuerzas para andar un nuevo camino distinto al que había trazado hasta ahora.

El avión quedó a oscuras. Durante ratos alternos dormía y despertaba sobresaltado y con pesadillas, el viaje sería eterno, no acabaría nunca, el dolor empezaba a acumularse en su pecho y no veía otra forma de librarse de él que regodearse. Abrió por primera vez desde el día de autos el paquete que había prometido no volver a tocar y lo hizo con delectación, emborrachándose con la mirada y con el pensamiento y con todo lo que contenía, haciéndolo de forma pormenorizada, detallista, disfrutando cada momento vivido, cada recuerdo como si de nuevo estuviera pasando, lo que siempre había evitado, la mirada de su hijo, la de su hijas, sus risas eran lo que más le asaltaban, volvía una y otra vez y no sabía si dormía o velaba mientras el ruido del vuelo que lo transportaba a otro continente se le metía por los oídos hasta hacerle enloquecer porque le resultaba conocido, porque lo había vivido, porque lo recordaba de veces anteriores y pensó que acabaría cediendo, que no resistiría, que su lucha había sido una vana esperanza irrealizable. Por fin, después de varias horas de vuelo, en las que tomó el vaso de ginebra durante varias ocasiones con ansias y medio enloquecido, consiguió dormirse.

Una voz femenina seca que le recordó la voz de ella lo despertó y la luz que entraba por las ventanillas lo transportó a una realidad llena de esperanza. Cogió la pequeña maleta y en el aeropuerto recreó su vista, por fin, en imágenes desconocidas y estimulantes, en un aire y unas voces que le daban la bienvenida al futuro. Tomó un taxi y llegó al hotel. Se instaló en la habitación con una alegría en la que percibió por primera vez el efecto del cambio, de la metamorfosis, de la transformación en una persona nueva.

No pasaron muchos días hasta conocer a María. Era bastantes años más joven que él. No tardó en enamorarse, en sentir placeres antiguos, en hablar de cosas nuevas. Inventó un pasado, falso, claro, una identidad desconocida; traía dinero suficiente para aguantar y vivir cómodamente durante años, sin preocupaciones materiales. Dejó el hotel, se compró una casa al borde de un acantilado que no le traía recuerdo alguno, donde un mar plácido traía mareas tranquilas a una playa infinita que se perdía entre árboles altos.

Una nueva vida, pensó y, tras instalarse con María y mirar al mar después de algunos años, pensó en la noche en el Sticky bebiendo solo, como un recuerdo imborrable y nítido, como una llave que lo llevaba al pasado y que se abría y cerraba con un fuerte giro. Aquel recuerdo siempre era el preludio para el retorno al paquete escondido y cerrado. Cómo estarían todas las fotos, amontonadas y cerradas en bolsas, de una vida que ya no quería recordar, pero que le asaltaba cuando menos lo esperaba, como una espada pendiendo encima de su cada día más atolondrada cabeza. Empezó con tratamientos, conocía las pastillas, pero una y otra vez volvían los recuerdos, peores aun cuando su nueva vida empezaba a regalarle momentos deseados. Cuando estaba con María a solas, desde el primer día que se abrazaron y llegaron los gemidos, no pudo evitar el recuerdo de ella, parecía que a veces lo miraba, estaba presente, como si una maldición, como si volviera del más allá. Cuando nació su primer hijo, que era el tercero, lloró de desesperación con un recuerdo amargo que no pudo apartar durante semanas sin que nadie supiera el origen de su tristeza.

Duró diez años, solo tuvo valor para vivir diez años de la nueva vida, hasta que una mañana, sin decir nada a María, cogió la maleta y subió al avión y regresó de nuevo al pasado. Salió corriendo, estaba nervioso y enloquecido al llegar a la escalera del trastero olvidado donde guardaba su caja escondida. Rompió las losetas y excavó en el suelo húmedo varios centímetros hasta sentir el sonido hueco de la caja enterrada. La abrió excitado, introdujo la mano en su interior, humedecido por el calor y los años, y empezó a sacar paquetes envueltos en plásticos. Los fue deshaciendo con agitación hasta que comprobó que estaban bien. Lo guardó todo en la maleta y regresó a la habitación del hotel que había reservado para su estancia, cerró la puerta, encendió el ordenador, metió los CD para comprobar si conservaban la información, se angustió mientras esperaba y en la pantalla no apareció nada, todo se había borrado. Nervioso, puso uno tras otro hasta llegar al último y nada, nada aparecía que no conseguiría sacar información alguna.

En sus tiempos, aún no existían o no conocía otros instrumentos de almacenamiento tecnológicamente más avanzados. Le quedaban las fotos, si se conservaban. Había traído una botella de ginebra, echó hielo, se acomodó y empezó a mirar con delectación, recreándose en cada imagen, viajando al momento exacto en el que se había producido. Podía oler el aire, oír los sonidos, cada foto lo embriagaba aún más en su vida perdida, en su vida pasada. Un ruido en el ordenador le trajo las risas de sus hijos en una fiesta de cumpleaños, la cara de ella se fue apareciendo poco a poco en la pantalla cada vez con más nitidez, por algún mecanismo desconocido de la tecnología, aquel disco guardaba aún algunas imágenes que ahora se veían con nitidez. Al oír la voz de su hijo, quedó parado, los ojos se le nublaban, no conseguía descifrar las frases que salían de su boca, pero las recordó; jugaban y le preguntaba cuál era la combinación de la caja fuerte, lo recordaba sin dudar. Cayó de espaldas.

Vio la imagen de María, que estaba a su lado, pero no escuchaba nada; la voz de su nuevo hijo tampoco la distinguía. La habitación blanca donde se hallaba no la recordaba, ni oía ni veía con nitidez. Poco a poco se fue apagando con imágenes que había sacado de la caja escondida.

Ecos tras las montañas

Y Jorge abre las contraventanas apolilladas
y sale a la galería, que, podrida de tiempo
y soledad, se hunde a su peso, y Jorge,
contento, sí, se desploma en el río. Allá
estarán quizá pasando frío y aquí solamente
el río, la frescura del río.

Alonso Zamora Vicente,
Apiguaytay

No le fue fácil conciliar el sueño. Se revolvía entre las sábanas y
se desvelaba. La aventura para la mañana siguiente le provocaba
nervios, agitación, y desde el interior creía oír una voz que le in-
citaba a renunciar. Se durmió por fin y se despertó con pesadillas:
apostado en una azotea, miraba abajo, donde las imágenes, claras
durante segundos, viraban luego a sepia con rayas e interferencias y acababan con una luz blanca que lo cegaba hasta despertarlo. Miraba al techo, sentía sudor en la nuca y recordaba el
sueño: hombres, mujeres y niños huían por una avenida. Muchos
caían abatidos al suelo, como piezas sorprendidas por un cazador

cuando salen de su refugio. Sus ojos se dirigían a la sangre que se extendía por el suelo como un río sin fin. Le cegaba la luz blanca y se despertaba entonces. Dudó si era un sueño repetitivo o si era la primera vez que lo tenía.

Con su amigo Ray salió de la ciudad muy temprano. Tomaron un desvío y se adentraron en un camino de tierra donde no era fácil mantener el equilibrio en la bicicleta. Ray le dijo que conocía bien el camino. En un repecho, les fue imposible avanzar, vieron un muro encalado en el que se veían rastros de un estarcido de Bansky y pensaron ocultar detrás las bicicletas, pero al final prefirieron esconderlas en unos cañaverales. Continuaron a pie. Atravesaron una llanura de rastrojos y tomaron una pendiente que vadearon por un camino de piedras. Cuando llegaron a la cima, ante sus ojos apareció el río, por fin. Era una espléndida mañana de agosto. Durante unos segundos, permanecieron parados y en silencio, extasiados con el paisaje: una pista verdosa y ancha serpenteaba oculta entre lomas de matorrales. Estaba en calma. La superficie del agua ondulaba apenas con un viento leve. Sintió palpitaciones. Un escalofrío extraño.

—Detrás de aquella montaña está anclado, en una curva del río —le dijo Ray.

Sortearon la montaña corriendo y llegaron al otro lado, jadeantes.

—¡Míralo! ¡Allí!

Les alivió el aire que subía con olor a jara y lavanda. Guardaron silencio de nuevo y lo observaron durante un rato. El color rojo y blanco de su superficie metálica lo convertía en un cuerpo extraño en aquel paisaje de verdes matizados que había creado el cielo estival.

—Es muy raro —se adelantó Duarte—. No se parece a ninguno de los que he visto antes.

—Se llama catamarán. Tiene dos partes iguales que se unen en el centro, por el puente. Dicen que lo compró en una subasta.

Bajaron corriendo por una pendiente hasta una pequeña playa escondida entre los árboles. Duarte empezó a sentir un temblor que, de repente, se apoderaba de sus piernas y lo atenazaba. En ese momento, recordó o imaginó la sangre en el asfalto, de los caídos en la pesadilla de la noche anterior.

—¿Y para qué lo compró? —preguntó Duarte.

—Por capricho, le gustaba y se lo trajo aquí. Dormía en él. Decía que le gustaba dormir con el movimiento del agua, pero yo creo que tenía miedo.

—¿Miedo? ¿De qué?

—Dicen que el serbio era un tío muy raro. Yo creo que temía que vinieran a por él y en la embarcación se sentía más seguro.

—¿Lo buscaban?

—Cualquiera sabe. Cuentan que estuvo en la guerra de Yugoslavia, por eso todos le llamaban el serbio, pero, en realidad, era ucraniano. Su verdadero nombre era Yvanov, Damián Yvanov.

—Y vino a perderse aquí: al fin del mundo. A descansar.

—Eso decía. Hay quien sospecha que estaba oculto, que alguien lo protegía. En el momento en que estalló la guerra de Ucrania, desapareció y ya no se le vio más el pelo. Todo está como lo dejó. No se han vuelto a tener noticias suyas.

—Está claro que volvía con los suyos.

—Yo no lo creo. Hay otra versión. Parece que por aquí se movía droga sin levantar sospecha y lo de la guerra era una tapadera. Se cuenta que en su casa aparecía gente muy extraña. Rubios alemanes, seguro; hombres y mujeres que se quedaban durante días. Cuando le preguntaban por ellos, se encogía de hombros. Nunca se quedaban mucho tiempo.

—¡No lo entiendo!

—Se cuenta que eran invitados por alguien a quien el serbio le debía algún favor. Alguna cuenta pendiente. Comían, bebían, fumaban y organizaban fiestas hasta altas horas. Hay quien dice que eran traficantes de droga.

—Y él, claro, permanecía al margen y se iba a dormir al catamarán.

—¿De dónde sacas eso, Duarte?

—No lo sé, pero creo que era lo más probable. Se adivina que era muy solitario.

—¡Tú y tus suposiciones! No lo creo, se quedaría con los alemanes participando en las orgías que dicen que organizaban.

Duarte no dijo nada y sonrió. Su sonrisa había inquietado a su amigo, lo advirtió enseguida. Duarte le había confesado a Ray que no había oído hablar nunca del serbio, pero ir a ver su catamarán se convirtió para él en una obsesión que no lo dejaba vivir. Insistía todos los días a Ray hasta implorarle. Al final lo convenció, al que la idea le pareció solo un capricho. Ahora percibió que su amigo empezaba a desconfiar, como si hubiese algo más que una mera curiosidad.

—Tendremos que ir a nado —dijo Ray.

—¿A nado? No sé nadar. Tenemos que volver, ya lo he visto y esto me da un poco de miedo. ¿Y si hay alguien dentro, no sé..., el fantasma del yugoslavo, por ejemplo? ¿Por qué no nos vamos?

—Duarte, cada vez me cabreas más. ¿Qué coño te pasa? Fuiste tú quien insistió en que te lo enseñase. Parecía que se te acababa el mundo si no veías el dichoso catamarán y ahora empiezas a rajarte. ¡Quiero volver a verlo! Además, tiene un interior para flipar, ni te lo imaginas. Algo me dice que este será para ti un día inolvidable.

Con Ray nadando delante, Duarte se adentró en el agua fría. Por unos instantes, el agua mutó ante sus ojos y se volvió un amasijo de sangre y barro, oyó chapoteos próximos y explosiones.

A su alrededor surgían erupciones de agua sucia. El pánico se adueñó de él y se agachó bajo el agua, dejando en la superficie los brazos, como si llevase un arma sujeta entre las manos. Ray miró atrás y no daba crédito a lo que veía.

—¿Qué coño haces? ¿Te has vuelto loco?

—¿No lo has visto en las películas de guerra? Quería probar qué se siente. Imaginaba que estaba bajo fuego enemigo. —Las carcajadas de Duarte no sonaban espontáneas.

—¡Dios mío! ¡Vaya mañana llevas!

En las proximidades del barco, Ray dio unas brazadas y se agarró a la cadena del ancla. Desde el puente de cubierta, gritó a Duarte:

—¡Venga, sube!

—No me apetece. Echa un vistazo y nos vamos. —Duarte seguía en mitad el río.

—No me iré de aquí sin que subas —ordenó Ray.

—Ya lo hemos visto. —Duarte quiso resistirse, pero sabía que era en vano. Avanzaba como si una fuerza interna lo arrastrase.

En cubierta, dieron varias vueltas y miraron por las ventanillas al interior, sin distinguir nada. Todo era abandono: de la vela solo quedaban harapos deshilachados, el hierro se había oxidado, un olor a hollín hacía pensar que a la nave le quedaba poco tiempo en la superficie del agua.

—Duarte, vámonos. Esto está de pena, se ha deteriorado completamente. No queda nada de lo que vi la última vez que vine.

—¡Espera! —gritó Duarte y su amigo se volvió para mirarlo y ver cómo metía la mano entre dos tablas y de un hueco sacó unas llaves.

—¿Cómo sabías que estaban escondidas ahí? ¿Has estado aquí antes? —A Ray se le salían los ojos de las órbitas.

Duarte sonrió.

—No, hombre. Se notaba mucho el escondite.

Supo que sus palabras no las creía su amigo. Aunque hacía tiempo que se conocían, fue la primera vez que vio el miedo en la cara de Ray.

Bajaron la escalerilla. Esta vez Duarte iba delante; en silencio, pero seguro. Un olor a humedad y a animales muertos se les metía por la garganta hasta impedirles respirar. Duarte se movió ágil y abrió una ventanilla atascada y entró el aire del río. Su amigo sintió náuseas e intentó calmarlo.

—Mira, esto debió de ser el despacho del serbio —le dijo—. Esta es la mesa donde escribía —y empezó a mirar unas cartas que sacó de un cajón. Dentro de las cartas había fotos y se las fue pasando una a una a su amigo.

Las ranuras de la ventana abierta arrancaban un silbido a la brisa del río que venía envuelta son sonidos de pájaros.

—¿Sabrás leer esto?

Ray empezó a temblar.

—No, no, no. No he estado antes, Ray, yo tampoco las entiendo, pero estas letras me producen tristeza. Deben de ser las cartas de la guerra que guardó durante su exilio o lo que fuera. Mira, este es el serbio con un amigo, cuando estaban en la guerra, un amigo que murió ahogado. Él consiguió llegar a la orilla y escapar. —Notó que Ray tiritaba y continuó—: ¿Y esta muchacha? ¿Sabes quién es? Fue su primera novia. En Yugoslavia, antes de la guerra, Dijana.

En la foto deteriorada, podía distinguirse a una joven rubia sonriente con una falda plisada y un chaleco hasta el cuello. Tenía una sonrisa marcada por la pintura de labios.

Duarte continuó:

—¡Era guapa! Sí, el serbio no la vio más después de que se la llevaran. La foto se la envió ella cuando él estaba prisionero y la guardó siempre, hasta que se marchó.

—Pero ¿el serbio estaba casado? —Ray sacó fuerzas y se atrevió a replicarlo, creyendo que todo fuera imaginación de Duarte.

—Sí, se casó con una serbia, Dijana, con el mismo nombre, pero no se llevaban bien. Se divorciaron.

—¿Tú hablas en serio? ¿Quién te ha contado todo eso? —Ray se sorprendió.

—Mira esto, Ray.

—¿De dónde la has sacado? ¡Es una pistola!

—Es un revólver Nagant ruso. El serbio se lo quitó a un soldado que había caído muerto a sus pies. Lo llevaba siempre consigo.

Miró la cara de Ray, era una mancha blanca, sudaba. Lo sintió caer en un asiento del camarote sin poder articular palabra. Duarte sacó unas balas escondidas en un altillo y las colocó lentamente, una a una, en el tambor, mientras sonreía y miraba a Ray que se descomponía. Lo apuntó a la frente. Vio cómo Ray se tapaba la cara y gritaba.

—No te preocupes, Ray. No dispara. Se encasquilla. Es muy vieja —dijo Duarte mientras le apuntaba y escuchaba varios clics metálicos. Después se colocó el cañón en su propia sien y apretó el gatillo.

Cuando despertó de madrugada, sintió frío. Escuchó voces en la habitación contigua. «Ha abierto los ojos». Notó una mano helada en su frente durante unos segundos, después le recorrió toda la cabeza hasta la nuca. «Dijana», pensó. Se dejó dormir otra vez. Más tarde, notó la brisa de agosto, pero empezó a sudar. En la habitación contigua, oía voces en una lengua que no conocía. Volvió a quedarse dormido. Soñó que cruzaba a saltos las azoteas sin soltar el fusil de su mano derecha, que no llegaría al refugio que tenía bajo el puente, que sus perseguidores le darían alcance antes de llegar al río. En su cabeza, un estruendo seco se perdió entre las colinas. Se despertó cuando iban a darle alcance. Gritó hasta desgañitarse nombres de ciudades y pueblos, hombres y mujeres y niños que nadie conocía. Sin salirle la voz, hizo un giro forzado con la cabeza hasta escupir una mezcla de sangre y de espuma que lo ahogaba. Se le pudo escuchar enronquecido, casi sin voz, el nombre de un río lejano. Cayó al suelo. Alguien lloró. No consiguieron despertarlo.

En el lago

Ismael se protege bajo las mantas. Le duelen las piernas y tose. No quiere levantarse. «Permaneceré en la cama hasta la primavera —se dice—. Nunca más iré al lago». Fuera, en la habitación contigua, oye a su madre hablar con alguien.

Ayer por la tarde llegó nervioso del colegio y preguntó por su padre. «Se ha ido a un lugar al que no puedes acompañarlo», le dijeron. «Otra vez se ha ido sin esperarme», pensó con rabia. Otra vez había roto su promesa. Lloró con amargura. Era una tarde de diciembre.

En ese momento, sale a la calle por la puerta de atrás. El viento arrastra hojas y ramas secas. Camina por la carretera y, mientras sube la cuesta, ve a una mujer que camina apresurada, se cubre con una toca y entra en una casa dando un portazo. Llega hasta la fuente de arriba. En ese punto, la carretera se curva y se ramifica en un camino de arena que lleva a la sierra. Lo ha oído muchas veces. En ese camino estuvo antes con su padre, aunque no llegaron lejos. Sabe que se adentra en el bosque y termina en una vía de tren abandonada. Antes, tenía que cruzar la ribera, no muy ancha, que desembocaba en el lago grande. Después, bordeándolo, a una distancia que desconoce, la vía lleva a la ciudad.

Irá por allí. No volvería a casa sin ver la ciudad y encontrarse con su padre.

Camina con decisión. Solo se oye el ruido de sus pasos en la tierra mientras dobla curvas y asciende. Pronto la tarde empieza a cerrar el corto día de diciembre, pero no tiene miedo. Como le habían dicho, el camino se pierde en un bosque de eucaliptos y pinos. El ruido de sus pasos se funde ahora con el silbido del viento entre los árboles. Mira atrás, pero la oscuridad le impide ver las luces del pueblo. Está muy lejos, donde nunca había llegado antes. Se arrepiente, quiere volver, pero el azul de la noche es una espesa negrura en la que nada se distingue. Hacia delante todavía puede ver el camino y se siente impulsado a seguir. De pronto, un vuelo rápido de lechuza y el grito agudo de un ratón lo asustan y comienza a correr. No mira atrás y no siente el cansancio. Puede correr toda la noche, cree. Así ahuyentará el miedo. Por fin, la orilla de la ribera. Para, jadea... Al norte el agua iluminada serpentea al pie de la sierra. Oye el chapoteo de ranas que saltan. Al sur se distingue, lejana, una luz y hacia allí corre.

Cuando llega cerca, constata que proviene de una casa. Había oído hablar de ella y de quien la habitaba. Se detiene. Dos borrachos abrazados por el hombro salen y cantan. Ríen. Sus caras brillan sudorosas bajo la luz y se pierden en la negrura. En el silencio, se siente cansado. Con miedo. La luz de la casa sigue iluminada. Llama a la puerta.

Un candil alumbra la cara blanca de la mujer que le abre. Tiene el pelo rubio y sombras bajo los ojos.

—Este no es sitio para ti.

—Me he perdido y estoy cansado. Tengo sed —implora casi sin aire.

—Entra, golfo. ¿De dónde te has escapado?

Él no contesta y ella se encamina a tientas hacia unos leños encendidos. Al trasluz, intuye una silueta familiar cubierta con una bata ligera que le cae hasta los pies. Le trae vino, algo de queso y una naranja. Una extraña paz se adueña de él.

—Soy el hijo de Alberto Navarro. Me he escapado de casa y voy a la ciudad a encontrarme con él.

Se bebe todo el vino en varios sorbos.

—¡Ah! ¿Tu padre es Alberto Navarro? —le pregunta ella, de pie y parada delante de la mesa, inmóvil, con los labios temblorosos.

—¿Lo conoces?

—Nunca me dejaron verte. ¿Sabes quién soy yo?

—Sí, eres la loca del lago.

—Eso dicen... La loca del lago. Quédate esta noche y mañana vendrán a buscarte. Hoy no encontrarás a tu padre. Tu padre te ha abandonado como me abandonó a mí. Y la ciudad está lejos. Quédate esta noche; duerme en mi cama, que estarás caliente, mi pequeño.

—No soy tu pequeño.

—Te mintieron, naciste de mí. Has llegado a mí guiado por el latido de la sangre, no puede evitarse su llamada.

—¡Mientes!

Ella lo abraza y lo aprieta entre sus pechos. Un olor familiar, a vino y a ropa impregnada de humo de tabaco, lo ahoga. Coge fuerzas y se zafa de ella con un fuerte empujón.

Va hacia la puerta y sale y corre sin sentir el suelo. Corta la oscuridad gritando enloquecido: «¡Mientes, mientes, tú mientes!». Nota que el viento le arrebata las lágrimas hasta perderse en la negrura. Cae rodando por una pendiente. En cada vuelco, cree que vuela bajo las nubes. Siente un golpe en la cabeza.

Acurrucado bajo las mantas, oye a su madre con voz queda:

—Está mejor, ha vuelto en sí después de pasar la noche con fiebre. Con alucinaciones.

Una voz que no distingue añade:

—En la madrugada, un incendio ha destruido la casa del lago grande y han encontrado el cuerpo de la loca calcinado.

Bajo tierra

Lo despertó el sonido de un chapoteo de agua arrojada sobre una superficie de madera. Se sintió disparado por un largo cañón estriado que acababa en una salida con luz. Con esfuerzo, abrió poco a poco los párpados y sus ojos se perdieron en la oscuridad. Otro chorro de agua se escuchó por encima de su cabeza y escuchó unas frases en latín que no entendía y que fueron apagándose en un susurro inaudible. Las primeras células que fueron iban despertándose en su cerebro, lo llevaron a pensar que había muerto y lo estaban enterrando.

Iban apareciendo en su memoria los últimos recuerdos: la voz del anestesista diciéndole que empezaría a nublársele la vista, a sentir un pequeño mareo, como si todo empezara a darle vueltas, pero que no notaría porque pronto le vencería el sueño. Empezaba a entender: algo había ido mal durante la operación y no había superado su paso por el quirófano. Durante unos segundos, sintió tristeza y angustia.

Pero, ¡qué demonios!, estaba respirando y podía pensar. ¡No estaba muerto! Sentía su aliento rebotar en la tela que adivinaba a unos centímetros por encima de su cara. Le resultaba fácil respirar, por lo que pensó que el ataúd no era todo hermético y dejaba entrar el oxígeno.

Aunque vivía, era evidente; sin embargo, estaba asistiendo a su entierro. Tenía que llamar la atención como fuese.

Intentó levantar la cabeza sin éxito. La tenía paralizada al igual que el resto del cuerpo. Solo sus párpados y sus oídos habían salido del estado cataléptico en el que había estado durante un tiempo que ignoraba. Oyó el sonido de sus tripas y algo parecido a un hormigueo le bajaba rodilla abajo. Esto le dio esperanzas: su cuerpo aletargado iría poco a poco recobrando todas sus funciones de movimiento y podría avisar a los enterradores.

El golpe de una pala clavándose en la tierra y el sonido de esta volando por el aire y cayendo sobre el ataúd, sin embargo, le trajeron de nuevo la angustia. Tenía que relajarse, intentar que su cuerpo fuera despertando para poder llamar la atención antes de que cubrieran el ataúd por completo y sellaran el sepulcro. Cada palada sobre la madera era como un clavo que le incrustaban en el cuerpo. Cerró de nuevo los párpados y puso atención a todas sus partes para comprobar si sentía alguna reacción en cualquier otro lugar, desesperándose mientras pasaban los segundos sin observar ninguna mejoría, mientras seguía cayendo la tierra.

De pronto, estas paladas cesaron. ¿Habrían descubierto algo? Aguzó el oído para averiguar qué estaba pasando y pronto obtuvo la respuesta: una tormenta descargaba un diluvio. Un nuevo golpeteo de lluvia sobre el ataúd sonaba ahora como un redoble sostenido sin descanso. Por encima de él, pudo oír la carrera en desbandada de los presentes, los coches que arrancaban y cómo se resbalaba la arena recién echada, convertida ya en barro, por los laterales de la caja. Aunque no era creyente, pensó en una señal favorable del cielo. De nuevo el optimismo. Pidió que la lluvia durara hasta recuperar alguna facultad que le permitiera hacer notar su presencia viva allí dentro.

Y, aunque el agua no cesaba, sus esperanzas cada vez se iban disipando porque no observaba ninguna reacción que le llevara a la movilidad. Se sintió cansado y casi se le cerraban los ojos. Aguantó, sin embargo, con las últimas fuerzas que le quedaban y estuvo atento a cualquier sonido. La lluvia cesó y un silencio se apoderó del lugar durante horas. Creyó que amanecía.

Por fin, oyó el ruido de una máquina, parecía una pala excavadora que se acercaba y que apagó el motor al llegar cerca de la tumba. Los dos ocupantes bajaron de un salto.

—Este es el nicho que quedó anoche sin tapar por la tormenta —le escuchó decir a uno mientras se asomaba al agujero—. Ha habido suerte porque con lo que ha caído es raro que no se lo llevase la riada y a ver dónde estaba ahora.

—Pues nada, ya sabes, un par de paladas y trabajo concluido.

Se subió a la máquina y la puso en marcha, llenó la pala de arena y, cuando se disponía a volcarla y miró el ataúd, los párpados se le subieron sin control dejando ver petrificadas las pupilas en la blanca esfera de sus ojos. Pisó el freno en seco, haciéndola tambalear la excavadora con la pala suspendida en el aire y con la mirada fija en la caja, a los dos se les deformó la boca con un grito desgarrador. El pánico les hizo saltar de la máquina e iniciar una carrera por el cementerio que no olvidarían ya por el resto de sus días.

Un virus en el sistema

Las sirenas sonaron a las siete en punto de la mañana. El vigilante, un hombre de color, detectó su presencia en una de las diez pantallas que tenía delante, donde se visualizaban las imágenes de cada metro de la ciudad. Su mano derecha aplastó el botón de alarma durante varios segundos. Se oyeron portazos y carreras por los pasillos que conducían a la sala de emergencias del edificio Vigilancia.

En la sala, Haba, alcaldesa de la ciudad, de pie y delante de un enorme lienzo de Jean-Michel Basquiat, pidió a los asistentes silencio y calma y tomó la palabra:

—Alguna puerta de nuestros muros cortafuegos tiene fisuras y se ha colado un intruso. Ha sido, sin embargo, detectado con rapidez.

El murmullo inicial se fue acrecentando entre los concejales sentados alrededor de una enorme mesa oval, que ocupaba el centro de la sala de emergencias, en el último piso de la torre.

—No debe cundir el pánico, nuestras fuerzas de control y vigilancia darán pronto solución al problema —continuó la alcaldesa—. Cada uno ocupará su puesto y estará atento a cualquier orden del comité de defensa que se reunirá con carácter extraordinario para ocuparse de la coordinación.

El comité de defensa lo constituían la propia alcaldesa y dos cargos más de su confianza: Sandro, viceconcejal de Medioambiente y Cultura, alto, con anchos hombros y bigote y al que estas situaciones le hacían perder los nervios; y Mariola, más serena, rubia teñida, con el pelo muy corto y rasurado a los lados y un *piercing* en la nariz, segunda de la alcaldesa. Se había encargado de activar el protocolo de emergencia nada más sonar las alarmas. Los tres entraron en la sala, donde varias pantallas le permitían coordinar las acciones y estar al tanto de todos los acontecimientos.

—Ha debido de meterse en una calle donde no hay cámaras. Tendremos que preguntar al jefe de seguridad por qué aún hay huecos sin cubrir.

—Mirad, por ahí aparece. Es horrible —dijo el de Medioambiente con los ojos bien abiertos y llevándose las dos manos a la cara cubriéndose la boca.

—Sí, parece peligroso: mediana estatura, rubio, piel blanca, con un traje de chaqueta oscuro y un maletín. ¿Qué llevará en el maletín?

La alcaldesa se acercó a un micro que tenía delante y pulsó un botón.

—Sí, dígame, alcaldesa —se oyó al otro lado la voz del jefe de control y vigilancia.

—¿Lo tienen ya identificado?

—No del todo, los de Archivos trabajan a destajo para localizar su ficha. No es fácil, desde hace mucho tiempo todos estaban registrados e inactivos. No sabemos qué habrá pasado con este.

—Pues identifíquenlo. No quiero más errores y, en cuanto se confirme lo que parece evidente, denle caza. No lo quiero vivo, ¿entendido? —La alcaldesa cerró el micrófono.

En el comité, los ojos se clavaron en las pantallas siguiendo la trayectoria del intruso.

—¿Alguien puede decirme qué calle es esa por la que camina?

—¡Huy! Está muy claro, alcaldesa, parece mentira que no puedas identificar la avenida Morada.

—¿Adónde lleva esa avenida?

—Esta avenida solo conduce al centro de televisión o de comunicaciones, como se llama ahora, alcaldesa.

—¡A televisión! —Volvió a pulsar el botón—. ¿Saben algo más de ese individuo? Parece que se dirige a la tele. No puede llegar bajo ningún concepto, ¿entienden?

—Ya nos hemos percatado. Nos han asegurado de que nadie lo ha invitado, por lo que podemos pensar que lo hace por su cuenta y puede llevar armas en el maletín con las que puede abrirse paso o intimar y amenazar a los que se encuentren allí. Ese parece su objetivo.

—¿Han averiguado algo más sobre su identidad?

—Aunque no hay absoluta certeza, ha aparecido una ficha universitaria de alguien que se parece bastante, por lo que no es muy extraño que se licenciara en una escuela de negocios o en la propia universidad antes de la toma de control.

—¡Maldita sea!

—¿Qué ocurre?

—Mirad la pantalla número 9, se ve a una mujer y parece estar en su misma dirección.

—¡Horror! Esa mujer corre peligro. Hay que evitar que llegue a su altura.

—A lo mejor es una cómplice; no estaría mal ver qué hacen.

—Se ha parado junto a él y están hablando. Están compinchados o ella, inconsciente del peligro que corre, ha caído bajo sus redes.

—Se han despedido, parece que ha podido haber contacto. Además, ella vuelve la cabeza y sonríe. No cabe duda de que estábamos en lo cierto.

La alcaldesa volvió a la carga:

—¡Detengan a esa mujer y manténganla aislada!

—Ya la hemos detectado; estamos en ello, alcaldesa.

De pronto, en la cámara número 10 apareció un grupo de vigilancia. Se acercaron a la mujer, la apartaron y la detuvieron.

—La jodimos, él se ha dado cuenta y huye. Sabe que hemos detectado su presencia y vamos tras él. Su anulación se va a complicar.

—Lo que nos faltaba y seguro que tienen apoyo en televisión; no me fío de la directora. Verónica, no tiene bajo control a algunos de sus colaboradores.

La alcaldesa bajó la cara, aguantándose la cabeza entre las manos. Sus ojos brillaban clavados en la pantalla. El de Cultura no paraba de morderse las uñas y moverse encima del asiento y poner erguida la espalda. Movía la cabeza llevando su mirada a gran velocidad desde los cuadros de la pared hacia la cara de la vice y hacia la de la alcaldesa, soltando de vez en cuando algún suspiro quejoso, de ansiedad.

—Pronto serán las ocho y empezará a salir la ciudadanía a la calle. Si consigue confundirse con ella, podrá alcanzar su objetivo y estaremos perdidos —advirtió la vice.

—¡A ver, esto se está complicando! —De nuevo, Haba gritando por el micrófono—: ¿Tenéis algún plan para detenerlo? —y con impaciencia—: ¿Seguís sin identificarlo?

—No se preocupe, tenemos un grupo apostado en la avenida Verde. Tendrá que pasar por allí en su carrera hacia el edificio de televisión; será un lugar óptimo para su detención.

—Repito, ¿está completamente identificado? No quiero nuevos errores. A pesar de las apariencias, puede pertenecer a alguna de las minorías protegidas.

—Alcaldesa, me asegura la jefa de información que están examinando documentos que, en un breve plazo, nos darán la clave definitiva.

—Sí, pero el tiempo apremia y pronto serán las ocho.

En efecto, faltaban solo algunos minutos. Los tres seguían con la mirada por la carrera del intruso hacia la avenida Verde. El paso del segundero en la parte inferior derecha de todas las pantallas se acercaba al número 60 para dar entrada a otro minuto más próximo a las ocho. La luz del aparato del micro de la alcaldesa empezó a parpadear y esta pulsó de nuevo:

—Tenemos todos los datos, alcaldesa. Un documento con una encuesta que rellenó el intruso, del que ya tenemos el nombre, nos ha permitido encontrar el dato que faltaba.

—¿Y...?

—Confirmado: es heterosexual.

—¡Fulminadlo! No puede quedar rastro de él antes de las ocho. Haced también desaparecer a la mujer con la que se detuvo. No podemos arriesgarnos.

Todos se tranquilizaron. La alcaldesa se pasó la mano por la cabeza y pensó: «La mayor lacra, el peor virus, la más temida amenaza para el sistema que tanto esfuerzo y lucha nos ha costado implantar. Además, estoy segura de que no hablaba un dialecto local. No volverá a pasar. No puedo fiarme de algunos jefes de control de entradas. Hay que cambiarlos a todos; su alterada sustancia hormonal, su repugnante procacidad sexual los convierte en piezas vulnerables. Me aseguraré de que esto no ocurra nunca más».

Mensajes en la oscuridad

Me recomendaron alquilar un piso en el barrio del puerto. Eran más baratos y, si tolerabas bien ciertos hábitos del vecindario, se adecuaban a mi extravagante horario de estudio: por la noche. El día me distraía y era incapaz de concentrarme, así que para el último año de licenciatura alquilé un pequeño apartamento en esa zona, situado en un bloque que cerraba por un extremo una amplia explanada de aparcamientos limítrofe con la zona portuaria. De esta manera, desde las dos ventanas de mi apartamento tenía al alcance de mi vista el mar y el muelle y sus dársenas.

Coloqué mi mesa de estudio delante de una de ellas y me dispuse a pasar mi primera noche delante de los libros. Hasta las dos de la madrugada, hora en la que por fin se hizo el silencio y se apagaron todas las luces de las ventanas, no conseguí concentrarme.

Con el trasiego de vecinos que entraban en sus casas, los edificios que limitaban la explanada me ofrecieron un insólito espectáculo con las luces de las habitaciones encendiéndose y apagándose a distintos tiempos y en diferentes lugares, de manera tal que en un momento llegué a sentirme en el interior de una gigantesca sala de control. Las luces más escandalosas eran las de las escaleras, las imaginé como luces de alarma, iluminaban toda una hilera vertical y siempre me obligaban a dirigir la vista hacia ellas. A veces me quedaba mirando alguna ventana para ver si pasaba algo, pero nada. Se encendía una luz, alguna figura se movía y se acercaba a la ventana, cerraba las persianas y la luz volvía a apagarse.

Cuando la oscuridad y el silencio fueron completos, con un café entre mis manos, me puse a contemplar el mar, una enorme llanura oscura, de la que solo podía adivinar su presencia por algún tímido reflejo de la luna. La calma que aquella visión me transmitía me hizo sentir satisfecho con la elección tomada y me enfrasqué de lleno en mis libros.

No había pasado mucho tiempo, cuando una pitada lejana de una embarcación me hizo levantar la cabeza. Me quedé observando, completamente ensimismado, cómo iba aproximándose poco a poco a tierra. Mientras miraba el horizonte a lo lejos, un hecho raro, sin embargo, atrajo mi atención en el ala derecha de edificios: en una ventana, alguien hacía señales intermitentes con las luces. De inmediato, apagué la luz de mi flexo y bajé la persiana, dejando solo el espacio suficiente para seguir curioseando. Me pareció que se comunicaba con la nave mediante alguna codificación. Cuando desde la ventana dejaron las señales, el barco viró y comenzó a alejarse. Recordé entonces la fama del puerto como entrada de drogas y tabaco de contrabando y deduje que desde la habitación había recibido un mensaje de alarma por la presencia de vigilancia en el puerto.

La luz de la ventana se apagó y volvió de nuevo la oscuridad a los bloques. Por un instante, estuve tentado de encender la luz de mi cuarto, pero la desconfianza me hizo mantenerme en silencio y a oscuras, expectante. Al rato, un chasquido seco en el grupo de bloques de la derecha me hizo dirigir la vista hacia el lugar de donde supuse procedía el ruido. No advertí nada especial. Sin darle más importancia, seguí mirando entre los agujeros de la persiana. Durante unos segundos, no vi ni oí nada.

Al poco tiempo, sin embargo, escuché otro sonido similar, esta vez sin poder intuir de dónde venía. Pensé que algún vecino se levantaba y abría la persiana. Decidí olvidar los hechos y volver a mis asuntos, pero, al pulsar el botón en mitad del flexo, unas señales luminosas e intermitentes desde la ventana recién abierta me paralizaron el dedo hundido en el interruptor. El parpadeo de las luces era, otra vez, rápido e intermitente. Sin embargo, no había barcos que se aproximaran. ¿A quién enviaban los mensajes? Las señales pararon y desde la otra ventana en el lado opuesto empezaron a verse nuevas luces intermitentes. Parecía que respondían a las anteriores.

Todo aquello me inquietó hasta dejarme paralizado con la cabeza pegada a la persiana mirando la explanada, oscura de nuevo. Nuevas persianas se abrieron y volvieron a emitir señales desde el interior, nuevos momentos de oscuridad y nuevas señales en lugares distintos.

Apareció otra vez un barco en el horizonte y se le emitieron nuevos mensajes, pero el barco esta vez continuó y lo vi entrar en el puerto. Así se mantuvieron toda la noche, en la que no conseguí pegar ojo. ¿Qué se comunicaban? ¿Por qué las señales luminosas en la madrugada? Parecía un lenguaje colectivo, conocido por todos y adoptado y practicado de forma concertada. Un código cerrado que me intimaba.

Sin encender la luz, no se me pasó por la cabeza ni un instante darle una oportunidad a mi curiosidad e hice las maletas. Por la mañana, estaba en una casa pequeña, ruidosa y cara y situada en pleno centro.

El turno del jueves

Nieves Jiménez estudiaba Historia. Para sufragar gastos, hacía turnos tres noches en un club de *jazz* de diez a cinco de la mañana: jueves, sábados y martes. Durante el turno de un jueves, entró en el club un personaje que le llamó la atención. De mediana estatura, con pelo disperso y escaso y sobre el que se pasaba la mano hacia atrás algunas veces, el extraño se sentó en una silla giratoria que había libre en una esquina de la barra. Llevaba una chaqueta vaquera con un forro desfasado de piel de borrego que no se quitó al sentarse y Nieves vio cómo apoyaba los dos codos en la barra. Se le acercó.

—Póngame un *bourbon* en un vaso ancho y algo de hielo, por favor.

Observó cómo agarraba el vaso, con ambas manos durante unos segundos, queriendo sentir el frescor del vidrio, mientras perdía la mirada con los ojos fijos en el frente. Dio un sorbo largo y se bebió medio vaso, después dirigió una tímida sonrisa a Nieves, que se alejó al otro extremo de la barra.

El club, bastante animado. Mientras atendía a otros clientes, el extraño se bebió la otra mitad del *bourbon* paladeándolo, esta vez, con más detenimiento.

Volvió a llamarla, pagó y pidió otro. Nieves fue a buscar el *whisky*.

—Tengo apostado en la esquina al lobo estepario de la noche —le dijo a su compañero de los jueves, un estudiante de Medicina joven que se hacía llamar Manu.

Tuvo la impresión de que el extraño se había dado cuenta de que hablaban de él y, cuando se acercó a servirle el *whisky*, se dirigió a Nieves:

—No estoy acostumbrado a venir por estos bares, pero, si tienes curiosidad, te diré que estoy aquí porque acabo de cargarme a un hijo de puta y me quiero recuperar antes de entregarme.

—Ah, ¿sí? —dijo Nieves sin inmutarse mientras le retiraba el vaso acabado y le ponía el nuevo. «Los jueves son especiales», pensó—. Pues si era un hijo de puta, puede estar orgulloso, ya hay un hijo de puta menos en el mundo —le respondió Nieves.

Mientras se retiraba, le dirigió una media sonrisa y pudo adivinar en su espalda la mirada del extraño cuando se acercaba de nuevo a Manu.

—Ahora empieza a dárselas de interesante, dice que ha matado a un tío. Vaya noche que me espera.

—¿Y por qué no lo crees? Aquí viene gente muy rara, síguele la corriente a ver qué te cuenta —respondió el camarero mientras devolvía el cambio a un cliente—. A lo mejor tenemos a un loco asesino sentado en la barra sin enterarnos.

—Eres muy simpático, guapo, pero no tiene ninguna gracia estar aguantando este tostón toda la noche. Sabes de sobra que ese no mataría ni una mosca. Lo único que buscan los que son así es un poco de charla después del trabajo y antes de tener que ir a aguantar lo que les espera en su casa. Le vendría mejor buscarse a un amigo y hablar de fútbol.

—Bueno, mujer, todo el mundo tiene derecho a desahogarse.

—Pues que gaste un poco más y se vaya de putas, allí lo tiene más fácil y le escucharán la historia que quieran.

Cuando le sirvió el tercer vaso, volvió a dirigirle la palabra:

—Soy camionero. Durante una época, trabajando para una empresa, conseguí ahorrar algo de dinero, con el que me compré un camión y con el que me he estado ganando la vida hasta ahora. Estoy casado y tengo dos hijos pequeños. El camión era mi medio de vida. Lo puse a la venta para dar la entrada para un préstamo y comprarme otro mejor.

—¡Qué interesante! ¿Y lo vendió?

—Sí, al hijo de puta que acabo de cargarme.

—¿Y eso por qué?

—Daba la impresión de que tenía dinero. Me lo presentaron como un señor serio y bien situado y yo tenía prisa por vender. Me dio un cheque por tres millones de pesetas y me fie.

—¿Cobró el cheque?

—No, era un cheque sin fondos y él vendió el camión a otro. Lo denuncié, pero no le hicieron nada porque era insolvente, lo tenía todo a nombre de su mujer y sus hijos. Era un estafador profesional, pero vivía por todo lo alto.

—Pues, entonces, se merece lo que le ha hecho. Puede quedarse tranquilo —dijo Sonia con una sonrisa.

—Ya sé que no se lo cree, pero tengo que contárselo a alguien antes de que mañana me detengan y cuenten de mí cualquier cosa. Sírvame otro *bourbon*.

—Nadie le va a detener, actuó por un impulso de justicia —contestó Sonia mientras se alejaba para prepararle la bebida.

Se acercó Manu, que preparaba cinco vasos largos cargados de hielo a los que iba rellenando de ron, ginebra y *whisky*.

—¿Cómo va la historia de tu asesino?, ¿te ha dado los detalles?

—Déjate de coñas, es la historia más patética de todas las que me han contado en los años que llevo aquí. Y ya he escuchado historias. El personal anda fatal.

Al acercarse, el extraño continuó:

—No soy cazador, pero me compré una escopeta de cartuchos cargada de balas, de las que utilizan para cazar jabalíes y ciervos. Un amigo me enseñó cómo se utilizaba. Por mi cuenta, me fui a un taller y le recorté los cañones. Me enteré de que vivía aquí y me vine a buscarlo.

—Y hoy se lo ha encontrado y se lo ha cargado, supongo.

—Lo he esperado varias noches en el rellano de la escalera de su piso, pero en las dos primeras se hizo tarde y tuve que irme. Hoy he tenido suerte, llegó sobre las diez y cuando salió del ascensor yo estaba esperándolo, pero no me vio. Encendió la luz y lo llamé. «¡¿Quién está ahí?!», me gritó con la soberbia y chulería con la que hablaba. Le pregunté si no me conocía y me dijo que no y que lo dejase en paz. No pude aguantar más, me acordé de la sonrisa que puso cuando me dio el cheque y su cara de chulo durante el juicio. Saqué la escopeta de la bolsa de deporte y lo encañoné. «¿Qué hace, hombre? No se ponga así, no sea loco. Yo le daré el dinero del camión, no se preocupe. Estaba pasando un mal momento, pero pensaba pagarle, ahora que ya estoy mejor. ¡Baje esa escopeta!». No le di tiempo a seguir, apreté el gatillo dos veces y le reventé la cabeza. Un surtidor de sangre salpicó la pared que detuvo el impulso de su sacudida. No puedo olvidar la imagen. La luz de la escalera se apagó en ese momento. Aproveché para salir corriendo mientras escuché el golpe del costalazo en el suelo. Oí gritos en el rellano.

—Pero, hombre, ¿cómo es usted tan bestia? ¡Con lo bonita que sería la pared!

—Ahora me siento liberado, aunque he arruinado mi vida. Solo pienso en mi mujer y mis hijos.

—No se preocupe, no le pasará nada.

Nieves comprobó cómo aguantaba allí sentado hasta la hora de cierre y después lo vio salir tambaleando. Cuando llegó a su piso y encendió la luz del pasillo, imaginó la pared cubierta de sangre y con restos de vísceras. Le entró escalofrío mientras abría la puerta y procuró quitar esa imagen de su mente. «Quita», pensó. Consiguió dormir tres horas y se levantó a las ocho para llegar a las clases de las diez.

Se duchó. Encendió la radio y se dispuso a lavarse los dientes, cuando vio reflejado en el espejo cómo se le caía el cepillo y perdía el equilibrio.

Cayó desplomada en el suelo.

Halcones nocturnos

Cenamos casi sin hablar. Después, Sara se retiró a su rincón de lectura. Desde que empezó el verano, hacía eso todas las noches. Se sentaba en un sillón azul próximo a la ventana y allí, con la sala en penumbras, permanecía abstraída en su lectura hasta quedarse dormida. Yo aprovechaba entonces para bajar al salón y tomar algo o salía al jardín y ponía en funcionamiento los aspersores del césped. Esa noche encendí un cigarro y me puse a mirar las luces de la ciudad. Noté en la cara el aire caliente de agosto. Permanecí así un largo rato hasta que Sara me preguntó si tenía intención de bajar a la calle a esas horas. La pregunta me molestó y, sin pensarlo, me empujó a dar una respuesta sobre una decisión que aún no había tomado.

—Sí —le dije—, me apetece dar un paseo y tomar algo fresco.

No contestó, siguió leyendo sin levantar la cabeza. Yo permanecí de pie fumando y con la mirada fija en un punto lejano.

Estuvimos en silencio durante algunos minutos hasta que me dispuse a salir. Sara, finalmente y levantando la voz, me preguntó si me habían vuelto los ataques de melancolía y deseaba salir esa noche para encontrarme entre mis recuerdos. No contesté. Me puse la chaqueta y bajé por el jardín hasta la puerta delantera de la casa. Sin duda, aquella última pregunta me había alterado.

Crucé una pequeña carretera y tomé una acera iluminada con farolas que estaban colocadas a corta distancia unas de otras, proyectando así una sombra dura y alargada de mí mientras andaba. Cuando me iba a adentrar en el centro, me volví y miré nuestra casa. Sara estaba en la ventana fumando y, sin duda, miraba hacia donde yo me dirigía. No sabía el tiempo que llevaba allí ni si podría verme desde aquella distancia en la penumbra.

Me adentré por la primera calle que llevaba al centro. En la calle no había nadie. La calle estaba desierta, pero sí había casas majestuosas con luces que iluminaban en sus jardines silenciosos. A través de las cortinas, que se movían levemente por el aire de verano, podía verse el interior de algunas de ellas. Luces amarillas, siluetas y sombras en las paredes, mujeres que cruzaban de una a otra habitación con las ropas ligeras y pegadas al cuerpo de una habitación a otra.

En un porche, una pareja joven hablaba. Él estaba de pie, de espaldas hacia donde yo me dirigía caminaba, ella estaba reclinada en una hamaca con el vestido muy levantado sobre sus muslos separados. Unos metros antes de llegar a El Halcón, estuve mirando oficinas donde había ejecutivos empleados en mangas de camisa que se movían agitados, apurando quizá las horas nocturnas para llevar a cabo algún trabajo urgente en las horas nocturnas.

En una de ellas, una mujer con un vestido gris abría cajones de un archivador mientras miraba a alguien que la dirigía y que se adivinaba sentado tal vez en un escritorio, una mesa a su derecha.

Por fin llegué. El Halcón era un bar que hacía esquina y dejaba ver su interior a través de una ancha cristalera. Dentro había una pareja sentada en un frontal de la barra y un nombre hombre de espaldas a mí y sentado frente a ellos. Me dirigí a su interior.

Estaba bastante concurrido, pero casi no se oía nada. Me senté con una cerveza en medio del local y, aunque había mucha gente, en casi todas las mesas no había más que una persona. Volví a pensar en la pregunta de Sara y me sentí turbado al recordarla fumando en la ventana.

Empecé a estudiar las caras a mi alrededor. Enfrente, una mujer bebía una taza de café sorbo a sorbo, casi sin ganas. En aquel momento, su cara me resultó conocida, pero no recordaba su nombre. Me hubiera gustado intercambiar algunas palabras con ella, pero no se me ocurría cómo hacerlo. Me levanté y pedí otra cerveza. Cuando regresé, la mujer había desaparecido, de tal forma que me puse a mirar por una ventana al exterior.

En algunos edificios, personas asomadas a las ventanas miraban a la calle. Me imaginé que lo hacían porque querían tirarse para volar sin alas. Pero después pensé que no tenía sentido porque no podía entender para qué querían volar. Al cabo de un rato, no había conseguido hablar con nadie. Por lo tanto, no tenía ningún sentido seguir allí, así que me levanté y me marché. Regresé a casa. Sara estaba dormida de espaldas. Se le había subido el vestido con los movimientos provocados por el calor durante el sueño, pensé. La miré durante unos minutos y luego me senté en el borde de la cama sin saber muy bien qué hacer.

Decidí bajar al salón y, sin quitarme la ropa, me dejé dormir en el sofá.

Me desperté con los pasos de Sara. Estuvo mirándome un largo rato sin quitar los ojos.

—Buenos días —me dijo. Le devolví el saludo—. ¿Encontraste lo que buscabas? —me preguntó.

—No —contesté. Me di la vuelta. Ella no dijo nada. Después me volví hacia ella y la miré fijamente—. La próxima —dije.

Ella apartó la mirada.

—Sí, supongo que alguna vez la encontrarás.

Un pequeño contratiempo

Después de varios días de brega en el teléfono, Alberto de la Torre cerró un acuerdo a última hora de la tarde del jueves. Se echó hacia atrás en la butaca y se llevó las manos a la nuca. «Un descanso, me merezco un descanso», se dijo. Cogió la chaqueta y se dispuso a salir. Sin embargo, apenas sintió en el brazo la seda fría, cuando el móvil comenzó a sonar y a dar vueltas giratorias, como si llevara al diablo dentro. Pulsó el manos libres y escuchó y, sin contestar, colgó y cerró los ojos. Se dejó caer en una silla y dio un golpe con el puño en la mesa. Se levantó casi sin poder sostenerse, buscó el apoyo de la pared, se llevó la mano a los párpados y se estrujó los ojos hasta hacerse daño. Cambió de planes.

La estación a esa hora estaba desierta, fue a la taquilla y pidió un billete. Viajaría toda la noche; al amanecer un taxi lo llevaría al tanatorio. Cuando el autobús arrancó, apoyó la cabeza en la ventanilla y perdió la mirada en la oscuridad. El cristal le refrescaba la frente. A lo lejos, en el horizonte oscuro de invierno y por encima de los edificios, ya lejanos de la ciudad, empezó a distinguir luces solitarias que se reflejaban en las gotas de lluvia adheridas al vidrio. Creó una rueda con ellas que creyó ver girar y sintió que el pecho se le estrechaba. Apartó la vista y quiso dormir. No pudo, pero sí consiguió rehuir toda imagen del pasado mediante una treta que consideró muy práctica: concentrarse en la redacción del documento donde reflejaría el pacto al que había llegado momentos antes. Escogía cada palabra como si agarrara frutas de un cesto, la miraba, la exprimía, le sacaba todo su jugo, rechazaba aquellas con implicaciones dudosas: esta es amarga, esta está podrida. Veía la textura de la tinta en cada coma, en cada punto, de cada signo del documento que saldría por la impresora al día siguiente. Volvía adelante y hacia atrás, revisaba cada frase, cada giro. «Una ambigüedad aquí sería positiva, podría agarrarme a ella en un momento de apuro». Si lo detectaban los asesores del contrario, tenía los argumentos que alguna vez le habían servido.

Se alegró de que el trayecto se le hiciera corto y llevadero para no pensar en lo que le esperaría unas horas más tarde. Sobre las cuatro de la madrugada, el autobús paró en una explanada con un bar abierto. Pidió un vaso de ginebra que cargaron de hielo y se concentró en la caída suave del líquido mientras se deslizaba entre los cubitos, recubriéndolos como si los abrazara. Apartó la vista. Miró la noche por las ventanas, cogió el vaso y en la máquina de tabaco sacó un paquete de cigarros, compró un mechero y salió al porche a fumar y mirar la lluvia. La primera calada del cigarro le quemó la garganta, ¿desde cuándo no probaba esto? Continuó y apagó la quemazón con la ginebra fría. Subió al autobús y, sin quitarse el abrigo, volvió a apoyar la cabeza en la ventanilla. Esta vez consiguió dormir. Se despertó al final del viaje. Mientras bajaba, sintió su cuerpo frío y cogió el taxi que estaba esperándolo. En el tanatorio, no vio a nadie. No se sorprendió y agradeció aquel silencio. Solo estaba la empleada de recepción.

—Este es el número donde está el familiar que busca, por el primer pasillo a la derecha. Si quiere, lo acompaño.

No contestó y pasó al interior por un pasillo largo recubierto de mármol y con ventanas a patios interiores con plantas y árboles de los que apartó la vista. Por fin llegó a la habitación que le habían indicado y miró por los cristales. Dentro, un ataúd con su hijo. Era él, sin duda. Se detuvo en las costras que le habían aparecido en el rostro, restos de la enfermedad que lo había llevado a la muerte.

—Papá, estoy enganchado a la heroína, pero sigo un tratamiento y me voy a recuperar. Ya estoy mucho mejor. En poco tiempo estaré recuperado.

El tiempo, sin embargo, lo convirtió en la imagen de cera moteada que ahora estaba detrás de un cristal. Quiso recordar su cara en algún momento de los que habían vivido juntos y de los que conservaba algunas fotos en una caja que nunca abría.

—No. Es un desconocido. Mi hijo es un desconocido a unos metros de donde estoy.

Volvió sobre sus pasos y, en el vestíbulo, se encontró con los ojos humedecidos de la madre de su hijo.

—No puedo saber cómo ha podido ocurrir. Estaba mucho mejor, el tratamiento lo estaba haciendo muy bien, salía con una chica y poco a poco empezaba a coger peso. Era muy metódico con el tratamiento y casi no salía de casa.

Él no contestó. La abrazó y cuando sintió su calor se fue apartando lentamente. Estuvieron durante unos segundos sin decir nada.

—Lo incinerarán dentro de unos instantes, solo esperan la firma de ambos progenitores.

No contestó. Firmó un documento que le pusieron delante. Salió del tanatorio y sintió la necesidad de llorar, pero no lo consiguió. Volvió a subirse al taxi y miró abajo. En la ciudad, por encima de los edificios, los primeros rayos de luz reflejaban una noria metálica que giraba y donde un hombre y su hijo se miraban y reían, reían y se abrazaban mientras subían hasta lo más alto. Oía gritar al niño, lo volvía a abrazar y se fundían en uno solo mientras bajaban suavemente hasta llegar a ras del suelo, para subir de nuevo y sentir el aire en la cara y las risas y el pánico de la subida y los gritos del niño. Sonó el móvil en el interior de su chaqueta.

—Su cita para la firma es a las once de la mañana.

—Aplázalo para el lunes, por favor. He tenido un pequeño contratiempo.

Fin del viaje

En el horizonte, se borraron los últimos reflejos de la tarde, la noche se nos echó encima y los faros del viejo Volkswagen iluminaron el asfalto. Elena aprovechó para cambiar el casete que llevaba sonando hacía rato, cogió un cigarro y abrió la ventanilla. Una ráfaga leve de aire del mar cercano se llevó el primer golpe de humo. Desde que nos habíamos subido al coche, media hora antes, no nos habíamos dirigido la palabra.

El coche enfiló una larga recta que subía hasta una colina, desde la que se divisaban las luces de la ciudad en la que habíamos vivido los últimos diez años. Había pensado en aquella visión, temiéndola, desde que esa mañana había abierto los ojos.

Álvaro tenía ya nueve años. Aquel verano, sin embargo, habíamos pensado que lo mejor era llevarlo para continuar sus estudios en otra ciudad, en un nuevo colegio. Sería lo mejor para todos. A primeros de septiembre, nos subimos los tres al coche y nos encaminamos al aeropuerto. Durante el trayecto, el chico no paró de hablar sobre su nuevo colegio y lo que nos echaría de menos hasta que volviera. Elena estuvo dándoles consejos y a mí no paró de hacerme preguntas, que eludí para no inquietarlo. Sin embargo, mis pensamientos iban desviándose de la atención del momento y perdiéndose entre las curvas de la carretera.

Llegamos al aeropuerto y bajó con su madre, que lo acompañaría en el vuelo. Al despedirse, se me acercó y lo abracé durante un largo rato, le di un beso y me hizo prometer que nos llevaríamos bien y que no nos íbamos a separar.

—No sé cómo voy a aguantar hasta que pueda veros de nuevo —se despidió.

Le di ánimos:

—El tiempo pasa pronto —le dije.

Se volvió para evitarme sus lágrimas y se dirigió a la terminal. Subí al coche, arranqué y volví solo a la casa.

Cuando salimos del restaurante, hacía una fresca noche de mayo. Subimos a mi flamante Volkswagen, del que no ocultaba mi orgullo, y emprendimos camino de vuelta a la ciudad. Conocía a Elena, pero no habíamos tenido ocasión de hablar muchas veces y aprovechamos un encuentro para cenar en un restaurante cercano a la playa. Cenamos en abundancia y nos emborrachamos con un par de botellas de vino hablando sin parar hasta que los camareros nos indicaron el camino de la puerta.

***

La caótica conversación durante el camino de regreso discurrió de un tema a otro, dando saltos, desordenados y sin que diéramos mucha importancia a las palabras que brotaban enloquecidas. Nos perdíamos en los gestos, en las miradas.

—¿Qué música tienes? —preguntó Elena al subir al coche.

Una tras otra fue cambiándose casetes de forma alocada y según se nos antojaba. Yo abrí mi ventanilla y Elena la suya; el viento que soplaba del mar nos refrescaba. Pusimos música a un volumen muy alto y no paramos de cantar y fumar.

La ciudad se escondía detrás de una colina precedida por una larga recta de carretera de la que podíamos ver brillar sus luces: aceleré el coche aún más, mientras por las ventanas salía a raudales el humo del tabaco y el escandaloso sonido de la música. Antes había un largo puente de hierro que cruzaba sobre el río. Le pregunté a Elena si nos tomábamos la última.

Descendimos una vez más y, tras cruzar como tantas veces antes el puente de hierro, entramos en la ciudad y conduje hasta el portal donde Elena había alquilado su apartamento. Lo detuve a unos metros. Cogió su bolso y, levantando las cejas, me dijo:

—Fin del viaje. Se acabó.

Nos miramos durante un corto instante y ninguno dijo nada. Elena abrió el coche y salió.

—Nos llamaremos; seguiremos en contacto, espero —dije finalmente.

Elena me volvió a mirar, pero no contestó. Hizo un gesto de despedida abriendo la mano, se dio la vuelta y caminó hacia el portal de su nueva vivienda.

El embudo

La calle donde se encontraba el antro del que salíamos desembocaba directamente en la avenida. Entramos en ella por la derecha
y Cantero apretó el acelerador con una alegría que los tres jalea-
mos. Duró poco: a unos trescientos metros, los cuatro carriles
estaban obstruidos por una feria de luces multicolores que le
obligaron a pisar el freno hasta el fondo para no estrellarnos con
la barrera de coches del final de lo que parecía una gran retención.
Miré el reloj y pasaban de las cinco de la mañana.

—¡¿Qué coño pasa?! —gritó cabreado Pelayo Rivas, sentado
en el asiento del copiloto y que el frenazo le hizo derramar todo el
tabaco y hachís, ya mezclado y quemado, con el que se disponía a
enrollar el canuto de papel con la punta de la lengua.

—Tiene toda la pinta de un accidente —masculló Velasco,
sentado en el asiento trasero detrás del conductor y al que el alcohol
hacía arrastrar las palabras haciéndolas casi ininteligibles—. Es que
la gente no se entera, mira que lo dice bien claro el negrito de las
trencitas: si bebes no conduzcas —rio solo su estúpida ocurrencia.

—Ah, ah —dijo Cantero—, esto no es un accidente. Tiene
toda la pinta de ser un control policial y, si no me equivoco, de
alcoholemia.

—Joder, vaya puro nos van a meter —me atreví a decir.

El coche era un pequeño utilitario, de diseño italiano, adaptado a la industria nacional. Mientras la inquietud se iba adueñando de nosotros, detuve la vista en la guantera. En ella iban pegados cuatro portarretratos: el primero por la izquierda llevaba la foto del padre de Cantero, joven y con su gorro de policía. A continuación, el de su madre, con un peinado de permanente de la época y, finalmente, el suyo y el de su hermana menor, cuando aún eran unos niños.

—El puro me lo tragaré yo que soy el conductor —dijo Cantero con resignación—. A vosotros no os pasará nada. No está prohibido emborracharse.

—¡Hostia la mierda! —dijo Pelayo con los ojos desencajados—. ¡Tirad todo lo que llevéis por la ventanilla! Absolutamente todo: ¡la farlopa, las pildorillas, toda la goma y la maría! Si nos registran, nos pueden joder vivos. Si se empeñan y se ponen cabrones, ¡hoy dormimos todos en el talego!

***

Cuatro golpes secos de nudillos en la ventanilla del conductor nos congelaron la respiración. Un agente, con una linterna en una mano y con el arma colgando sobre el hombro, nos espetó con voz déspota:

—¡Hagan el favor de quitar la música! Esto es un control de alcoholemia y con tanto ruido mis compañeros no pueden trabajar. Apagáis el motor mientras llega vuestro turno.

El agente se alejó con pasos medidos y cortos, el arma bien cogida y la cara alta, dirigiendo ojos y linterna hacia otros coches cercanos.

—¡Hijos de puta! —continuó Pelayo—. Si abrimos la ventanilla, ¡ahora vamos a dar el cante y nos van a ver! Os lo metéis todo en los huevos. No creo que nos vayan a tocar los cojones, más de lo que lo están haciendo ya.

—Esto nos pasa por ser unos *pringaos*. Yo ya había oído que estaban haciendo controles a la salida de restaurantes y locales —masculló de nuevo Velasco—. ¡Con lo de taxis que hay!

—A buenas horas, mangas verdes —dijo Cantero.

De un coche situado delante de nosotros, en el carril de la derecha, hacían salir a un hombre de unos cincuenta años. Al mismo tiempo, su mujer salía llorando por la otra puerta, diciendo que venían de una boda y que su marido no estaba borracho. Los tres hijos sentados en el asiento trasero, uno de ellos muy pequeñito aún, miraban a su padre con los ojos llorosos, mientras a empujones los de Tráfico lo metían en una furgoneta.

—¡Qué cabrones! —dijo Pelayo—, ¡no les dará vergüenza!

—Sí, joder, pero con estos controles se salvan muchas vidas —balbuceó Velasco.

Pelayo, como un resorte, se dio media vuelta y miró a Velasco fijo durante unos segundos con los ojos muy abiertos hasta que se arrancó a voces:

—Mira, gilipollas, a ver si te enteras de una puta vez: esto lo hacen para recaudar y para putear a la gente normal, como tú y como yo. No han probado nunca que estos controles arbitrarios eviten accidentes. Mañana las televisiones oficiales anunciarán a bombo y platillo la cantidad de detenciones y denuncias puestas en los distintos controles de alcoholemia que anoche hicieron las fuerzas de seguridad del Estado en la ciudad, lo eficiente de su trabajo y lo bien que cumplen con sus deberes para garantizar la seguridad en el tráfico. Rematarán la patraña diciendo lo malo e irresponsables que somos todos los ciudadanos.

—Bueno, pero para eso están.

—Vale, pero no dirán nada del dinero recaudado, de la cantidad de gente normal que venía de cenar o de una boda y le jodieron la vuelta a casa y la cuenta corriente y, por supuesto, tampoco dirán nada del número de atracos en viviendas y comercios ocurridos mientras montaban este circo, los asesinatos, las reyertas con heridos, ni las muertes que se hayan producido en accidentes y que podrían haber sido evitados si estos estuviesen dedicados a esas cosas para las que también «están», pero para las que nunca se les ve.

Volví a mirar la guantera del coche y me fijé en la foto del padre de Cantero, orgulloso con la gorra policía, y se me ocurrió hacerle una proposición:

—Cantero, tu padre es del cuerpo. Aunque esté jubilado, podrías llamarlo e igual nos pasan un poco la mano. Ya sabes, entre compañeros siempre suelen echarse un cable.

—Sí, cojonudo —me respondió irónico—. Cuando despierte a mi padre y me note en el estado en el que voy, ya estoy escuchando las voces en el teléfono: «¡Que te han cogido en un control de alcoholemia y quieres que te vaya a sacar! No me hagas reír, ya eres mayorcito; lo que tenga que pasar que pase, pero pórtate como un hombre y, si tú has perdido la dignidad, no me la hagas perder a mí también. Así que ya sabes, guapo, apechugar con lo que venga».

Me arrepentí de lo que había dicho y Pelayo me remató:

—Mejor que no abras la boca y guárdate bien en los calzoncillos lo que llevas.

Acabaron con el coche que nos precedía y también sacaron a los cuatro desgraciados que iban dentro y se los llevaron. Enfocaron la linterna hacia el nuestro y se dirigieron a la ventanilla para que la abriéramos. Al entrar el aire de fuera, me sentí aún más mareado. Me recosté en el asiento y miré a la guantera: el retrato del padre de Cantero en el portafotos había desaparecido.

***

—¡La documentación, por favor! —requirió el primero que llegó.

Cantero alargó el brazo con su carné y se lo entregó.

El agente estuvo durante un instante enfocando el documento con la linterna y cerré los ojos esperando el inevitable «hagan el favor de acompañarnos».

—Muy bien, todo está en orden. —Se llevó la mano a la frente saludando y acabó—: Pueden seguir su viaje.

Cantero nos pasó con una sonrisa que no pudo disimular su carné: había unido con un clip la foto de su padre y la había superpuesto a la suya.

El impostor

Todos lo esperaban sentados en una mesa ovalada de roble, hablaban entre ellos algunos y ensimismados en silencio, otros. «Llego el último», pensó. Su asiento, situado en uno de los extremos de la mesa, le permitía ver las caras de los doce consejeros reunidos. Antes de empezar a hablar, con una ojeada rápida, pasó lista mentalmente. A su derecha, Vendrell Solsona acompañado por Simonena, su mujer; ambos con un importante paquete de acciones de la compañía, herencia de los fundadores. Sin duda, una pareja importante con la que contaba. A continuación, estaba Bermejo Capdevila, incorporado al consejo no hacía mucho y después de la celebración de la última junta, tras haberse hecho con un importante paquete de acciones de su amigo Jorge Salazar. No pertenecía al sector, era un advenedizo, un tocapelotas puntilloso que preguntaba hasta la desesperación por los más insignificantes detalles hasta conseguir ponerlo en un aprieto.

Las tres hermanas Forero eran herederas por partes iguales del paquete de acciones de Andreu Fábregas, inolvidable en la compañía. El hueco del otro extremo no estaba ocupado.

En el otro lateral y empezando por su izquierda, estaba Abascal, de los de siempre, también amigo. Los insufribles

Cerdán, Cisneros, Figueras y Fonseca, socios con lazos familiares entre ellos —tal vez amigos— que solo acudían a estas reuniones para cobrar las suculentas dietas y pasarse un día de juerga con cargo a los gastos de representación. Faltaba alguien, pensó. El asiento del otro extremo no estaba vacío por casualidad; correspondía a Livia, Livia Gilabert, su apoyo más sólido para el proyecto que iba a presentar. Antes de que su ausencia pudiera inquietarle, apareció por la puerta, saludó y ocupó su asiento. Llevaba —como tenía costumbre— un traje negro amplio con una camisa blanca con los dos últimos botones sueltos. Al sentarse, Livia se giró hacia la ventana y él observó su perfil con una nariz más delgada y curvada de la que recordaba. Pensó que nunca había reparado en aquel detalle.

—Señores —comenzó—, sobre la mesa tienen el proyecto preparado para la fusión de nuestra empresa con la BBN, la compañía más solvente en nuestro sector, dada la situación a la que nos ha llevado la crisis actual del sector. Creo que es la salida más airosa para nuestra inversión, dada la situación a la que nos ha llevado la crisis actual del sector.

Levantó la mirada para ver la reacción de los asistentes. Sabía de sobra la actitud que adoptaría cada consejero en ese momento. La escena la había imaginado muchas veces y la tenía medida a la perfección y, aunque la pelea iba a estar reñida —la oposición vendría, sobre todo, por el grupo de Cerdán, poseedores de un porcentaje muy alto—, tenía votos suficientes para sacar el proyecto. Con eso, descansaría de una vez de las continuas tensiones de los últimos meses.

Tenía claro que a los de Cerdán la compañía les importaba un carajo y en lo único que pensaba eran en el caché que les daba ser miembros del consejo de administración de la compañía más antigua de la ciudad y que solo utilizaban para gastos suntuarios, fundamentalmente la diversión en la ciudad los días que se celebraban juntas o consejos. Tenían dinero suficiente como para no perder el sueño con su quiebra. Vendrell y su mujer estarían con él. Capdevila haría preguntas incómodas para las que tenía preparadas las respuestas y, como persona desconfiada, no iba a arriesgarse a perder dinero. Sin duda, tendría su apoyo. Las hermanas Forero se lamentarían por pasar a formar parte de la odiada compañía de la competencia, pero le darían también su aprobación. No obstante, para que saliera su proyecto adelante necesitaba, dado el importante paquete que suponía la participación del grupo de Cerdán, el voto favorable de las acciones de Livia, con la que ya había llegado a un acuerdo dos noches antes asegurándose su apoyo. Fue la primera en hablar:

—Querido presidente, lo que nos presentas no es una fusión, sino una absorción —dijo con la mirada fija en sus ojos, el torso erguido y los brazos apoyados encima de la mesa en una postura que solo pudo interpretar como combativa.

Nunca la había visto así y unos pelos lisos y sueltos que le colgaban por detrás de las orejas y delante, semirrecogido por detrás, en una imagen desconocida de ella, le hizo pensar por un instante que era otra persona.

Además, ¿cómo ha podido cambiar de opinión de la noche a la mañana? Dos días antes había sido ella precisamente la que le propuso esa salida. Miró los movimientos de su boca cuando hablaba y pudo comprobar algo extraño en sus labios. Los bajaba en exceso y dejaba ver su dentadura inferior con restos de nicotina. Livia no había fumado nunca.

—Una derrota ante nuestra competidora por tu falta de competencia. Creo que has perdido la valentía necesaria para seguir en esta lucha.

No lo podía creer. Mientras continuaba culpándolo, observó la cara de las Forero y de Solsona. No lo miraban. Desviaban los ojos a otra parte o los fijaban en la mesa. En ningún momento mostraron sorpresa ante los ataques —y eso todos lo sabían— de su principal aliada. Los de Cerdán, sin embargo, habían ladeado su cuerpo y, apoyándose la mejilla entre el dedo índice y pulgar, fruncían el ceño siguiendo con atención a las palabras de Livia. Estaba claro que no se esperaban aquella sorpresa.

Otros gestos lo desconcertaron durante la acusación con la que Livia seguía: sus manos, no llevaba las uñas cuidadas y su alianza no estaba en su sitio ni tampoco los restos de la señal blanca que le habría dejado en sus dedos.

—¡Un momento! —cortó el discurso de Livia y se levantó—. ¿Eres tú Livia Gilabert?

En ese momento, todas las caras se volvieron hacia él.

—¿Qué quieres decir?

—¿Si eres tú la verdadera Livia o una impostora?

Livia bajó la cara, esperó un momento a que el revuelo se apagara y cerró los papeles que tenía delante. Miró a los asistentes de uno en uno y cuando el silencio fue total exclamó:

—¿Qué importancia puede tener eso ahora?

Encargo en un crucero

La ausencia de luna convertía el mar en un plano negro con el horizonte difuso y apenas se oía el agua que desplazaba el barco.

Lo levanté con la mano derecha agarrándolo por el fondillo de los caros pantalones que llevaba y con la izquierda agarré palomilla, camisa y cuello de la chaqueta. No se había quitado la ropa para acostarse. Lo que llevaba metido en el cuerpo lo había convertido en un muñeco de trapo. Unos pocos pasos separaban su *suite* de la barandilla de la cubierta superior del crucero. Tensé los músculos, acumulé toda la fuerza y lo lancé a las oscuras aguas lo más lejos que pude. Mientras volaba, no oí nada de su boca y la caída en el mar no supuso más que un ¡chooop! que se tragó la noche al instante.

Pocos trabajos me habían planteado tan pocas dificultades. El cóctel de alcohol, cocaína y ansiolíticos que fue tomándose antes de ir a caer rendido en su camarote me facilitó mucho las cosas.

Hice el trabajo por encargo. He vivido siempre de esto. En esta ocasión, una ejecución en un entorno idílico y un suculento pellizco. Nada de callejones ni arrabales o carreteras, ni de moteles miserables; nada de persecuciones en coche ni tiros o estrangulamientos; nada de navajas, palos u otros engorrosos métodos con los que había apechugado otras veces: rápido, limpio y en un viaje de placer en un crucero. Durante los días siguientes, me sentí completamente dichoso.

Mientras duró el viaje, no oí nada más de él, algún pacto de silencio se impuso desde arriba. Leí después en la prensa su misteriosa desaparición con la aburrida retahíla: «Por los indicios, las fuerzas policiales barajan el suicidio como causa más probable».

El pájaro era un pez gordo en las adjudicaciones de los contratos de urbanismo. Sin embargo, era díscolo y con fama de estricto y duro negociador. Todos lo temían y algún círculo lo tenía ya señalado. No es que se caracterizara, según leí, por ser un quisquilloso con las trabas legales; su problema tenía otro origen: las extorsiones continuas y las abusivas mordidas. Solo se movía por su propio provecho y eso lo sabían bien los que acababan pagando de un lado y de otro. El último concurso tensó la cuerda al límite. Había mucho en juego, él lo sabía y estaba dispuesto a sacar todo el jugo posible y apretaba cada vez más hasta que la gota colmó el vaso. A alguien se le ocurrió en ese momento requerir mis servicios.

Cuando me encargaron el trabajo, como ocurre en estos casos, apenas se habló nada. Me señalaron el objetivo, puse el precio —muy alto, por cierto— y elegí el método después de que me pasaran un pequeño dosier. Conseguí mucha ayuda por parte de mis clientes. No resultó difícil; cuando lo planteé, dieron todo tipo de facilidades. Tenía fama de putero y cocainómano y le encantaban el lujo y la vida a lo grande. Le proporcionaron una coartada para salir de casa una semana: unos supuestos negocios que debía llevar a cabo en Atenas y le dieron un pasaje para un crucero de lujo por las islas del Mediterráneo oriental. Salió caro a mis clientes, claro que sí, pero antes acabó firmando la adjudicación y con ella su sentencia. Para los demás se puso fin a la pesadilla de las ofertas públicas. Sin duda, se calificó como una buena inversión a corto y medio plazo.

Fueron los diarios y programas basura de la televisión los que, durante una temporada, me pusieron al tanto y me estuvieron divirtiendo con sus andanzas públicas y privadas. Algún despiste de alguien del círculo o un ajuste de cuentas entre ellos hizo que varios de sus miembros empezaran a ser asiduos en las portadas de los telediarios entrando en las puertas de los juzgados. Entonces su nombre empezó a ser omnipresente. Llegué a pensar que, después de escuchar todo lo que iba saliendo, podría postularme como candidato a una medalla de salvador de la humanidad.

Bueno, creo que con esto tendrán suficiente y me estoy cansando. Pasadme el papel para la firma.

Viaje en tren

Al pasar su móvil por el lector de tiques que le ofreció la empleada del mostrador por el que se accedía al andén, Juan Baena no sospechaba que sería la última vez que lo haría en su vida.

Había llegado con el tiempo apurado y, mientras se encontraba mirando los monitores luminosos de la estación, antes de poder ver el andén al que debía dirigirse, una voz por los altavoces le indicó que los viajeros con su destino debían dirigirse a la puerta número 7. En el corto trayecto que tuvo que recorrer hasta la entrada por la que se bajaba a la vía, le hubiese gustado recrearse más tiempo en la contemplación de la elevada estructura semicircular de arcos de acero y vidrio que formaba el techo de la estación y que se asentaba sobre una planta rectangular de columnas anchas y altas y equidistantes entre sí, construidas de ladrillos. Estas gruesas columnas estaban separadas por paredes de ese mismo material y en ellas se habían dispuesto las distintas entradas, salidas y pasillos de la estación.

El tubo semicircular que constituía el techo acababa en una deslumbrante vidriera que llenaba de luz toda la estación. Pensó por un instante que, a pesar de que se pasaba el día viajando en tren y que había adquirido el gusto de recrearse en el examen de la arquitectura de todas las estaciones de trenes por las que pasaba —a las que consideraba auténticas obras de arte—, equiparables a las abadías cistercienses o a las catedrales góticas, jamás le había llamado la atención ninguna tanto como aquella. Le pareció que tenía forma de tumba gigantesca e irónicamente, aunque dibujando una extraña mueca en su boca, pensó que podría ser la pirámide que el destino le tenía preparada para su último viaje. Sonrió para sí por la ocurrencia y la desechó mientras se dirigía con el portaequipajes a la puerta del andén.

El interior del vagón era ancho, espacioso y con dos hileras de asientos reclinables, la de la derecha estaba compuesta por dos asientos blancos con la cabecera y el reposabrazos tapizados en verde oscuro. Viajaba en primera clase y tenía asignado un asiento individual delante de una mesita, enfrente de la cual se encontraba sentada una niña rubia vestida de verde. Intuyó que sus padres eran los que viajaban en los dos asientos contiguos.

—Buenos días, señor. Bienvenido a este maravilloso viaje —se sorprendió de la espontánea acogida de las palabras de la pequeña—. Llevaba entre sus manos un libro ancho con bordes gruesos de piel en los que vio símbolos que no acertó a distinguir con claridad. Tampoco pudo ver el título que ocultaba la mano de la pequeña.

—Buenos días, guapa. Qué alegría viajar con una compañera tan simpática —le contestó intentando ser amable, aunque, en el fondo, pensó que le esperaba un viaje tostón, ya que lo que más le gustaba del tren era no hablar con nadie y abstraerse mirando el paisaje a través de la ventanilla.

—¿Tiene usted hijos pequeños?

—Sí, dos de casi tu misma edad. Mira, te voy a enseñar fotos que llevo en el móvil.

Rastreó en la aplicación de fotos y buscó fotos de sus hijos, un niño prácticamente de la misma edad que aparentaba su pequeña acompañante y una niña de trenzas de unos años menos.

—Oh, ¡qué bien! ¡Cómo me gustaría conocerlos para jugar con ellos! ¿Por qué no se los ha traído con usted en el viaje?

—Hoy no pueden. Yo viajo por un asunto de trabajo y ellos están en el colegio. Esta noche los veré cuando regrese y les hablaré de ti, de la preciosa niña que he conocido en el tren y que le gustaría conocerlos.

—Vale, pero creo que va a ser difícil, porque yo vivo muy lejos de aquí y no creo que nos podamos ver en mucho tiempo.

—Ah, ¿sí? ¿Dónde vives?

—Pues no se lo diré, es mi secreto. Voy a ir al lavabo un momento.

La niña dejó en la mesa que los separaba el grueso libro que portaba y que no había abierto. Baena miró a su alrededor y, con disimulo, lo cogió y lo abrió al azar y comenzó a leer: «Es una dilatación como un globo que se produce en algunas arterias por la presión de la sangre y forma algo parecido a una ampolla; si la dilatación es muy amplia, la arteria puede romperse provocando una hemorragia mortal».

Sintió un terrible dolor de cabeza, confusión e intentó incorporarse, pero se desplomó en el asiento y cayó sobre el suelo del vagón. Notó un revuelo a su alrededor y palabras que no entendía. Alguien musitó «aneurisma». Murió en el acto.

El malayo

Lo apodamos el malayo. Enjuto, huesudo y zambo y con el pelo liso y grasiento. Nos enteramos luego de que era hijo de un pescador portugués y de una mujer de Timor Oriental. Estaba recogido en casa de unos tíos paternos, con un hermano más pequeño. Un domingo por la noche apareció en El Búnker. Fue la primera vez que lo vimos. Su cara nos llamó la atención. Su ojos rasgados y muy hundidos en sus cuencas le hacían más prominentes los pómulos. Nos miraba sin decir palabra. Observaba. Entre golpes de taco de billar, especulábamos. Vargas sabía dónde se alojaba, conocía a sus tíos, los habían traído unos días antes. Solo nos cruzábamos la mirada. No faltó al tugurio ninguna noche durante la primera semana. Llegaba a la barra y pedía un cubalibre. Se sentaba, con un cigarro que consumía sin ansias, y no nos apartaba la vista.

El siguiente domingo, una semana desde su aparición, se nos acercó.

—Quiero el tatuaje y la medalla —nos dijo.

Le señalamos sitio y hora: junto al torreón a la salida lo esperaríamos en un viejo tiburón azul. Aceptó. Cuando apareció, lo recogimos. Le abrimos el maletero y metió sus cosas.

De nosotros, solo Fuentes conducía. Él fue detrás, entre Vargas y Ruano. Le preguntamos la edad. «Quince», nos contestó. Nos miró y buscó en nuestros ojos. Apartamos la mirada. Traía una gorra negra de lana que le cubría la cabeza. Para el frío y el camuflaje, pensamos. En el hueco del asiento, se movía intranquilo. Si no lo complicaba, la prueba sería fácil. Resultaba letal para los cobardes, para eso fue pensada. Era muy importante superarla. De ahí los nervios. Si no hacía bien las cosas, no entraba, y si no entraba no había reparto. No había dinero, ni drogas ni chicas y, lo peor de todo, sería un apestado, un paria a merced de cualquiera. Tenía que quemar una chabola en los arrabales. Se le pedirían cosas peores, más tarde, si lo conseguía.

La avenida que conducía a la salida de la ciudad estaba desierta. Los semáforos a esas horas parpadeaban en ámbar, se inutilizaban para la seguridad de los viajeros. Parados en ellos, eran carne fácil de atracos y secuestros. Cruzamos a toda velocidad hasta el final. Vimos pronto las casas bajas del último barrio, nos acercamos a lo peor. El asentamiento de chabolas del Tío Cayetano. Gitanos, inmigrantes del África subtropical, rumanos, temporeros del Magreb, camellos, yonquis y prostitutas campaban allí como podían. Se apilaban y buscaban un espacio de calor en cualquier hueco, natural o abandonado.

La zona más fácil para huir, si corríamos, se encontraba al final del cúmulo de la miseria. Una carretera asfaltada subía una cuesta que se perdía en un bosque de robles y pinos. La carretera rodeaba la montaña y bajaba por una autopista iluminada. Hacia allí nos dirigimos. Fuentes apagó el motor y las luces. Paramos y empujamos al malayo fuera del coche. Le abrimos el maletero y cogió una mochila gris oscuro de nailon que cargaba a la espalda. Desprendía un olor a gasolina irresistible. Nos alejamos con sigilo, primero en punto muerto y después pusimos la primera hasta llegar a unos doscientos metros. No miramos. Paramos en lo alto y desde allí lo observamos.

Se acercó al primer grupo de tejados de uralitas y latón, de restos de madera y derribos. En las paredes encaladas había pinturas de orina recientes. Avanzaba y titubeaba. La garrafa, fuera ya de la bolsa, mantenía segura entre las manos. Buscó una oportunidad fácil, se acercó por detrás de una callejuela hacia las primeras chabolas. La luna se colaba entre las nubes de invierno y emitía una débil luz que dejaba brillos apagados sobre los tejados. Muy lejos de donde se encontraba se oían.

Podíamos adivinar desde nuestra posición, apostados en el coche, los ronquidos, las palabras y gemidos, los movimientos de los cuerpos en busca de calor. Se oyó el gruñido de un animal. ¿Celebraban algo? Incendiar una chabola no es difícil si está vacía. Pero esa es la dificultad. Solo se cuenta con la astucia y la suerte. Pensamos que, como hemos hecho otros, buscaría la más oscura, la más escondida. Debía elegir pronto. Hicimos señales desde el coche con los faros.

Alguien notó la presencia del coche, nos habían detectado. Se oyeron pasos. El malayo se aferró al bidón y se ocultó tras una pared. Dos figuras pasaron cerca, fumaban, llevaban una linterna y enfocaron el coche. Nos agachamos. Él permaneció agazapado. Hablaban entre ellos. Señalaban lugares y enfocaban las linternas. No vieron nada. Adivinamos la respiración cortada del malayo cuando la linterna se deslizó encima de sus ropas oscuras. Por fin se fueron.

El malayo se levantó rápido, derramó con violencia la gasolina y prendió fuego. Una explosión iluminó la noche. Arrancamos el coche. Corrió hacia nosotros a grandes zancadas. Cuando llegó, aceleramos; no conseguía agarrarse a las puertas. Se tiró encima del capó y fue despedido, lo vimos caer por la pendiente. Se encendieron luces en el poblado. El griterío lo inundó todo después de la explosión. Hubo desorden y alboroto. Corrieron con cubos y mangueras. Una mujer envuelta en llamas gritó con desgarro. Impotente, se desgañitaba: ha dejado a sus dos niños en la cama. Alguien trae un coche y enfoca los faros al descampado donde ven correr una sombra.

Seguimos los acontecimientos desde lo alto. En el suelo, al lado de la chabola que humea, yacían los cuerpos de dos niños achicharrados. Los iluminaron con luces de gas. Pudimos adivinar el olor de la carne asada. Se levantaron cuchillos, se abrieron navajas, se sacaron escopetas y pistolas. Trajeron perros que babeaban y gruñían para romper el bozal. Se inició la persecución del malayo, que corría para ocultarse en el bosque.

Alejamos el coche mientras corría y oímos su respiración agitada sorteando los árboles. Derribó a un motorista que estuvo a punto de alcanzarlo. Las luces se acercaron y alguien disparó a la sombra, al vacío. No bastaba con correr, había que pararse y enfrentarse, pararlos. Solo así lo dejaríamos entrar en el coche para huir. Solo así se superaría la prueba. Insistimos. Se oyeron dos disparos secos y seguidos que sonaban a remate. No, nos decíamos: «No tiene agallas». Encendimos el motor y huimos a toda velocidad.

Frenamos próximos a El Búnker. Bajamos del auto y limpiamos el maletero de señales. Cambiamos las matrículas. Desde aquí no veíamos luces ni oíamos los aullidos que nos perseguían. Algunas caras dentro nos miraban en silencio. Bebimos hasta el amanecer y nos fuimos a dormir. En el billar, al día siguiente, todos a la misma hora. Cuando entramos, el malayo nos miraba desde una esquina. «La insignia y el tatuaje», nos exigió. No nos apartó la mirada.

Un día lluvioso

Un día lluvioso de marzo llegó a casa sobre las doce de la mañana a recoger unas escrituras que había dejado olvidadas en la mesilla de noche. Se durmió leyéndolas la noche anterior y ahora le eran imprescindibles para una firma que tenía en la notaría a las dos de la tarde. «Cada vez tengo la cabeza peor», pensó mientras volvía en el taxi.

Después de abrir la puerta, se quitó la gabardina empapada, dejó el paraguas y se dirigió al vestíbulo. Subió por las escaleras que le llevaban a la segunda planta, donde estaba el dormitorio, y entró. En efecto, allí estaban, sobre la mesilla de noche, las dichosas escrituras. Al cerrar la puerta, notó el seco olor a madera del Egoiste de Chanel que usaba Carlos, su marido, aunque fusionado con un olor a tabaco rubio que le era familiar y que le chocó un poco, ya que Carlos no fumaba. «¡Qué raro!», pensó. El espejo que estaba en el pasillo y que llevaba a la habitación de invitados no le dio tiempo para conjeturar hipótesis: sobre él se reflejaba una imagen que ya no le abandonaría nunca.

En la amplia cama de matrimonio de la habitación de invitados, dormían desnudos y abrazados Carlos, su marido, y Rodolfo, su socio de despacho. Inmóvil, de pie, aplastó las escrituras sobre el pecho y, sin poder aventurar otra decisión, procurando no hacer ruido con los tacones, empezó a andar lentamente hacia la escalera que bajaba al vestíbulo. Cogió la gabardina y el paraguas y, sin golpearla, cerró la puerta de la vivienda. Corrió turbada hacia la calle y con ademanes nerviosos agitó los brazos parar llamar a un taxi que se divisaba no muy lejos.

Reclinada sobre el sillón trasero del taxi, miró hacia la calle, donde no paraba de llover, e intentó asimilar lo que había visto: en una ráfaga veloz cruzaron por su cabeza miles de imágenes, las risas de Carlos, los chistes malos de Rodolfo, las cervezas, las tardes de primavera en el bar de la facultad donde estudiaron juntos. Y no pudo evitar que las lágrimas le inundaran cuando recordó el dibujo que les regaló su hijo pequeño el pasado 14 de febrero con un enorme corazón rojo donde había pintado dos monigotes dentro. «Los que están dentro del corazón sois vosotros dos y ese es mi corazón, porque yo os llevo dentro de él», les había dicho el niño.

A los pocos días, Elsa dijo que había tomado la decisión acertada y que su decisión no había sido premeditada. Simplemente, los hechos no le brindaron otra salida.

Sobre las cinco de la tarde, llegó al aeropuerto. La lluvia, que no había cesado durante todo el día, tenía empañados los vidrios altos de la terminal; pero, afortunadamente, el tránsito de pasajeros no era mucho. Facturó rápidamente las maletas y en el largo pasillo que la conducía a la zona de control de ropa y zapatos, previa a la sala de embarque, se tomó un ansiolítico que le habían recetado para dormir. En la sala de embarque, donde había ya algunos pasajeros, el ambiente contrastaba con el de la ciudad y ya algunos pasajeros impacientes por llegar a su destino estaban en chanclas, bermudas, camisas de colores estampadas y gorras.

La espera para la toma del vuelo se le hizo interminable. Pensó en su paso por la notaría como un zombi, en los ojos con los que la habían mirado tanto sus clientes como el notario, en los abrazos y saludos y las innumerables manos que había estrechado. Pensó en Candela, ¿sabría ella algo? Pensó en su hijo. Repasó los hechos y aparentemente estaban en orden, había llamado a sus padres para que recogieran al pequeño a la salida del colegio. Ya ella los llamaría y les contaría los detalles, pero un asunto importante la requería y tenía que tomar un vuelo urgentemente. Nada grave, que no se preocuparan. Mentía, pero ya se le ocurriría la forma de contar lo ocurrido, pero necesitaba aquel viaje, desaparecer.

Por fin subió al avión y cuando los motores arrancaron la pastilla la sumió en un profundo y agradable sueño. Soñó que paseaba por una playa de arena interminable con su hijo de la mano y una persona a la que no podría reconocer, pero cuya presencia le reconfortaba. Entraban y salían del agua corriendo y riendo. De pronto, aparecía en una fiesta del instituto acompañada de Candela y bailando, solo tenía diecisiete años, dos chicos se les acercaban y les pedían que bailasen con ellos. Eran Carlos y Rodolfo.

Varios golpes en el hombro la despertaron:

—Señora Elsa, por favor, ¡despierte!

Parecía que había dormido ocho horas, miró por la ventanilla y se sorprendió encontrarse todavía en el aeropuerto. La azafata venía acompañada por dos policías nacionales.

—Señora, tiene que acompañarnos. Han encontrado los cuerpos sin vida de su esposo y su socio de despacho. No puede salir del país.

La compraventa

Era la primera vez que iba a la nueva sede de la galería de arte Nueva Secesión, que se había trasladado a la Torre Tiempo. Desde lejos, reconoció la imponente silueta de la torre cortando el horizonte; su aspecto le evocó una barra de grafito gigante incrustada en la tierra.

El taxi lo dejó en la entrada y dos gruesas láminas de cristal se abrieron a su paso. Entró, se identificó en el recibidor y le indicaron el camino hacia el ascensor. Caminó por un pasillo recubierto por completo de mármol que daba luego un giro a la derecha y acababa con un espejo que cubría toda la pared izquierda. En él se reflejaba el ascensor, una enorme mole rectangular de acero inoxidable con un pilar central entre sus dos entradas. Allí, con chaqueta y pantalón negro y los brazos cruzados en un iPad sobre el pecho, lo esperaba Lorena. Le extendió la mano y lo saludó.

—¿Han venido todos con sus asesores? —preguntó.

—Todos le esperan. —Advirtió que, a pesar de los años que se conocían, seguía hablándole de usted.

—Planta 15, si no recuerdo mal.

Lorena asintió con una minisonrisa sin abrir los labios y pulsó el botón de llamada. Un sutil sonido indicó la apertura de las puertas de la cabina. Entró ella primero y se colocó de espaldas al espejo que estaba frente a la puerta. Lorena era de cara levemente alargada con las líneas muy marcadas y el mentón fino. El pelo negro lo llevaba alisado y con una raya central; lo recogía atrás en una cola suelta, que dejaba al descubierto pequeñas orejas de las que pendían sendas bolas de cristal labrado. Unas gafas estrechas de monturas oscuras cubrían sus ojos.

Portando un bolso pequeño de cuero, Roberto, de mediana estatura y vestido con unos tejanos y una chaqueta clara, se quedó junto a la botonera, una placa de acero rectangular, alargada y en vertical de la que sobresalían dos hileras de veinte botones iluminados en blanco y rodeados por un círculo verde oscuro. Buscó el número 15 y lo pulsó con la yema de un dedo de su mano izquierda.

Un imperceptible movimiento inició el ascenso suave.

Absorto en el derroche de ingeniería y diseño que se acumulaba en el interior de la cabina del ascensor y sin dejar de mostrar su admiración, se dirigió a Lorena:

—Van las cosas bien, por lo que se puede ver.

—Hemos mejorado algo, sí. No nos podemos quejar —contestó Lorena.

—¿Conoces de dónde son los compradores de hoy? —inquirió de nuevo.

—Usted sabe que esa información no acostumbramos a facilitarla.

—Está bien, tampoco podemos saber a qué se dedican.

—No lo sabemos, pero sí que están bien asesorados y que son muy exigentes.

—¡Vaya novedad! Lo siento, no lo tomes a mal.

—¿Trae usted pruebas suficientes de la autenticidad de la obra? Van a insistir mucho en este aspecto, ya sabe.

—Más que eso, Lorena, van a quedar totalmente complacidos. Es más, te aseguro que se quedarán con la boca abierta.

—Pedirán ulteriores comprobaciones.

—Esta vez no. Traigo el mismísimo cuadro. —Lorena miró el bolso de cuero y esta vez no pudo evitar su perplejidad.

—Pero ¿cómo? ¿En el bolso? ¿Cómo se ha arriesgado? No es su costumbre.

—¡Los tiempos cambian!

No terminó la frase, cuando el ascensor se detuvo bruscamente en la planta 5. Empezaron a entrar jóvenes vestidos con chándal y bolsas con raquetas. Con cara de circunstancias, Lorena miró a Roberto, levantó las cejas y se limitó a decir:

—Estas cosas ocurren en nuestra nueva sede.

Fueron entrando y contó hasta un total de seis deportistas, pero quedó paralizada cuando entraron los dos últimos pasajeros. No iban en chándal, sino bien trajeados y Lorena los identificó rápidamente. «No habían dado ninguna alerta de que pudieran pasar por allí ese día», pensó nerviosa.

Miró el bolso de Roberto y sin decir palabra se ocultó entre los deportistas y cubrió a Roberto con los brazos, que, sorprendido, no daba crédito al extraño comportamiento de Lorena. Acercó su boca a la oreja de Roberto y en voz así inaudible le dijo:

—No intente aprovecharse de las circunstancias, pero han entrado dos sabuesos de Patrimonio.

Miró el panel del ascensor y quedaban todavía diez plantas.

Una noche de verano

La ausencia de luna convierte el mar en un plano negro y sin horizonte, en un muro de niebla oscura. Apenas se oye el agua que desplaza el barco. Nuestro camarote se encuentra en la cubierta superior del crucero. Me había embarcado esa tarde con Silvia para celebrar nuestros veinticinco aniversarios de vida juntos. A unos pasos del camarote está la barandilla que da al océano.

Silvia duerme hace rato y salgo a tomar el aire. Me acerco a la baranda y me agarro a ella, tenso los músculos y acumulo toda mi fuerza sobre el hierro mientras pierdo la mirada en el cielo. Me asalta el impulso de gritar, de unir mi voz al frío salado que sube a mi boca; sin embargo, no lo hago. Un estímulo caprichoso me incita a subir en el borde, tomar impulso y volar para caer de pie sobre el fondo oscuro.

De inmediato, el frío sube acompañando al agua que me inunda. Desciendo en picado hasta que la resistencia del fluido me detiene, momento en que alzo los brazos y, ayudado por el impulso, llego a la superficie en un viaje rápido para que mis pulmones, por fin, renueven el aire retenido. La superficie del agua aparece como un reflejo rasante que simula una llanura inmensa. Doy varias brazadas en círculo y compruebo cómo se distancia el pesado y laberíntico barco. Por un instante, me siento bien, libre, pero solo hasta tener conciencia de lo que soy: un náufrago a la deriva, una isla ínfima perdida en medio del océano. Sin embargo, he comprendido mi determinación y comienzo a nadar hacia donde creo que está el norte. Mi corazonada se confirma pronto: a lo lejos, y muy borrosa todavía, se dibuja una línea de sombras quebradas. La ciudad, sin duda.

Comienzo a nadar frenéticamente en aquella dirección sin levantar la vista y avivando el chapoteo que se me cuela por los oídos. De pronto, se me hielan las piernas hasta hacer inútil cualquier movimiento, una corriente marina me arrastra, pienso.

Si rota ahora en círculos, mi aventura llegará a su fin, el abismo me tragará para siempre.

Espero lo peor y me preparo para un final angustioso, pero, para mi sorpresa, se levanta un oleaje gigante que me empuja en dirección a la costa. Diviso una playa de arena por la que se desliza la luz de unas farolas. Me encuentro en mitad de dos acantilados, donde el mar se estrella con fuerza y crea oleajes gigantes. Verifico que me he movido en la línea límite entre las fuerzas que llevan mar adentro y las que empujan a la tierra. He tenido suerte.

Me dejo llevar, manteniendo el cuerpo sin moverme, a merced del oleaje que me empuja hacia la costa. Detrás de mí, el muro negro de niebla se ha tragado al barco; ni rastro de la mancha blanca gigantesca. En el frente, pequeños reflejos descubren los muros de unas torres acristaladas. Comienzo a bucear bajo las olas buscando la orilla hasta que un golpe seco en un muslo me revela la presencia de rocas próximas a la playa. Nado un poco más y logro hacer pie en la arena.

En el puerto, hay una escalera que lleva a una plaza que permanece alumbrada. Desde allí, varias calles se adentran en el centro. Cruzo con pasos ligeros y, al principio, me desoriento y no sé por dónde tirar, pero, al fin, elijo una calle que me resulta familiar y me sumerjo en ella hacia la profundidad de la noche urbana.

Camino mirándolo todo. Las puertas están cerradas en ambas aceras. Todo está en silencio y las sombras crean figuras irreales. Una luz sale por las ventanas al final de la manzana por la que camino y deja flotando en el aire una esfera de niebla brillante. Me acerco y oigo música y voces.

Miro por una de las ranuras que dejan ver el interior. Un salón con columnas y plataformas subidas aparece iluminado por ráfagas y *flashes* de luces rojas y azules. Hombres y mujeres semidesnudos ríen, gritan, beben y bailan enloquecidos; torsionan sus cuerpos, imitan a animales, simulan apareamientos entre ellos. Una figura de mujer de espaldas atrae mi atención. Lleva el pelo rubio recogido en la cabeza, como Silvia. Me mira, no puede verme.

La oigo reír mientras se abraza a un extraño y lo besa. Horrorizado grito, pero el sonido de la música ahoga mi voz. Corro sin rumbo por los callejones, aturdido, sin querer recordar lo que he visto. Me paro en una esquina, donde en una habitación de la segunda planta una luz aparece encendida. La puerta de la casa está abierta y entre las cortinas veo una figura de una mujer en sombras.

Me acerco despacio. A través de un patio interior puedo verla, mira estática una fotografía y sonríe. Su pelo negro cae por la derecha dejando su cara al descubierto. Está de pie, equilibra su cuerpo con las piernas cruzadas y a través de su vestido de encaje se transparenta su cuerpo desnudo. Comienza a pasear por la casa iluminada. La reconozco de inmediato: es Elena.

Golpeo ruidosamente en la ventana. Cuando vuelve su cara, sigue sonriendo. La miro. No ha cambiado desde hacía veinticinco años. Ven, le escucho y me lleva al interior, donde nos besamos y nos amamos.

Me despierto inquieto por los reflejos que entran por la ventana. No veo a Elena y salgo deprisa a la calle. Corro hacia la playa, me hundo unos metros y nado bajo el agua. Estoy en medio de aquella bahía donde, para mi sorpresa, veo el barco, el fantasma blanco, del que me había tirado en plena noche y que se encontraba atracado en el puerto. Consigo subir y entrar sin que se percaten, me acerco a la zona de baños, donde me cubro con una toalla hasta subir al camarote de la cubierta. Miro por la ventana abierta y a Silvia de espaldas, dormida.

He dudado desde entonces si había estado allí toda la noche o se me había adelantado.

Miro de nuevo el mar desde la barandilla y enciendo un cigarro. Comienza a amanecer, tiro el cigarro al mar y entro en el camarote, me deslizo entre las sábanas y ciño mi cuerpo al cuerpo caliente de Silvia, hasta que los párpados se me caen.

Happening

Tengo que entrar en acción, ejecutar y finalizar la obra maestra el cierre del círculo o su cuadratura y tengo que ponerme a trabajar en ella antes de que otro se me adelante como otras veces porque he descubierto al fin mi objetivo después de exprimir el mensaje oculto en todo este montón de libros, apuntes, revistas, recortes, fotografías, vídeos que me dan el argumento necesario, la tesis, la teoría convincente y crucial que la explica y la salva a ella y a mí de las garras de esos profanos ignorantes que confunden arte y delito, los jueces, los fiscales, los políticos que a buen seguro escupirán insolencia y cinismo sobre mi obra, mi *happening*. Vamos a ver, tengo que poner en orden mis ideas, estar preparado, ¿cuándo empezó todo esto? Eso es con las vanguardias, destruir los museos, las bibliotecas, las academias y combatir la cobardía oportunista o utilitaria, nadie dudará de Marinetti y los futuristas, surrealistas, cubistas, dadaístas... El rosario de grupos de los que he olvidado el nombre que engendraron el nuevo credo y avivaron día tras día con su vocación de pirómanos la llama del fuego iniciado con las astillas que recogían, esa es la palabra, «fuego». Después vino el globalismo, la unidad del arte y la vida, el experimentalismo, el azar, el alborozo, la simplicidad y el licor mágico, pero vino más. Escatología, orina y mierda. Mucha mierda. La mierda en la que nadamos, montañas de mierda para jugar y divertirnos como niños. ¡El nuevo icono! ¡La marca del nuevo arte! Pero no solo eso, hay más: pelos y sangre, mucha sangre, tanta como mierda. Esa es la tesis: fuego y mierda con sangre. Y, además, gritos y regresiones, y trances de psicópatas y de neuróticos, y podredumbre e inmundicia y cadáveres y vísceras, osamentas, grasa humana, prótesis, cubos de basura, plásticos, polvo, colillas, miles de colillas en vitrinas como los lingotes de oro, reservas del Banco Central; pero no, no te equivoques, este no es el fundamento, no es la causa primera, sino sus consecuencias. El fundamento es más profundo, el fundamento es filosófico, es un fundamento clásico, hunde sus raíces en el origen de la teoría de los cuatro elementos de los presocráticos y que nos han llegado desde la Edad Media y el Renacimiento. El concepto de combustión (fuego) es sucesor del modelo de los presocráticos: de Tales, el principio de todo era el agua; de Anaxímenes, el principio era el aire; de Heráclito, primer gran hito, el principio era el fuego; y el remate Aristóteles, el quinto elemento, la quintaesencia, el éter, una forma hipotética de energía que explica al universo en expansión acelerada, la expansión cósmica en escala, la curvatura del espacio-tiempo. Ahí quería llegar: mi obra será la quintaesencia del arte. El artista de verdad, como decía Platón, es la amenaza de la sociedad, el peligro, aquí la justificación de mi obra porque «no estar loco es otra forma de locura», Kierkegaard o Pascal, eso ahora no importa. Ir a los elementos prácticos de la acción para que no quede nada al azar. No podría con un museo entero, necesitaría todo un equipo, permisos, autorizaciones, solicitudes, tasas, memoria justificativa; y qué burócrata iba a entender de arte ni Nerón como supremo artista de Roma me entendería, me tomarían por loco, qué estupidez, no, no, no, eso descartado. Tengo que actuar solo a la luz del día, pero solo. He traído planos, horarios, calendarios, las estadísticas de visitas, el tiempo para ese día. Solo me acompañará un cámara que no sabe lo que quiero. No, no, no es buena idea; la traición no se puede descartar y sería golpe mortal. Pondré yo la cámara sobre un soporte rígido y filmará ella sola la acción, hay que ver bien los turnos, a la hora de la comida ese montón de funcionarios que han consagrado su vida a esperar a que pase el tiempo para salir a beber y a comer dando paseos y molestando a los visitantes sin saber muy bien lo que vigilan. A esa hora, digo, casi no hay ninguno, será el momento, los turnos no están solapados, el aburrimiento al que los han sometido me dejará tiempo suficiente para los preparativos muy simples, por otra parte: minimalistas, reducidos a lo esencial, menos es más, despojados de todo lo que sobra, mínimos y pensar en la conceptuación de la obra, mucho más importante que su representación tangible. La idea, la obra artística no es un objeto de contemplación, sino como un objeto de especulación intelectual. Supero con creces a John Cage y Robert Rauschenberg y Jasper Johns a **Yves Klein** y **Piero Manzoni** —bueno, a este es imposible superar, pero estaré a su altura—, a Joseph Beuys, sin duda, a Duchamp. Ahora empiezo a tener dudas si no hubiera sido mejor elección La Fuente, pero no sería rápidamente repuesta, un simple accidente, no una obra de arte, me dirán que he plagiado a Rauschenberg cuando presentó el *Dibujo de De Kooning borrado,* levanta preguntas como en ese momento acerca de la naturaleza fundamental del arte, si borrar un dibujo de otro artista podría ser un acto creativo. También Klein exhibió *Pintura de fuego de un minuto,* que era un panel azul en el cual dieciséis petardos fueron colocados. Para su importante exhibición «El vacío» en 1958, Klein declaró que sus pinturas eran ahora invisibles y para probarlo exhibió una sala vacía. Se parecerá a **John Latham** llamada *Still and Chew,* que protesta contra los valores del libro *Arte y cultura* y páginas del libro son masticadas por los estudiantes, disueltas en ácido y la solución resultante es regresada de la biblioteca embotellada y etiquetada. Pero es muy superior mi obra, será muy superior a las de estos aficionados. Además, aprovecharé que se utilizó petróleo para disolver la pintura, la elección es inmejorable y era premonitoria, yo he sido el elegido para ejecutarla, la tela arderá como pasto seco, será la mayor obra de arte del siglo, el cierre del ciclo, ya lo veo en los titulares, el *Guernica burning*.

Índice